ZouJin
TangShi
ShanShui

走/进/唐/诗

上海辞书出版社
文学鉴赏辞典编纂中心 编

U0125322

上海辞书出版社

# 编者小识

　　智者乐水,仁者乐山。古往今来,诗人们登山临水,游目骋怀,留下诸多名篇,传唱至今。诗人的笔下,既有泰山、庐山、长江、洞庭这样的名山胜水,也有不知名的山丘、小溪、池塘,它们有的雄浑,有的险峻,有的浩瀚,有的清幽,多姿多彩,令人神往。

　　一切景语皆情语。诗人以深情倾注于山水,山水也浸染了诗人的深情。或寄托壮游的豪迈,或抒发隐逸的幽怀,或诉说羁旅的孤独,或排遣贬谪的苦闷,或触动吊古的沉思,或牵引伤时的愁绪。而有时山水又仿佛是诗人的朋友,会相看不厌,会依依惜别……山水诗不仅为读者展现出美妙的风景画卷,更可从中窥见诗人的心灵世界。

　　本书《走进唐诗·山水》,收录三十余位诗人所创作的八十余首山水题材的唐诗。其中数量较多的,自然是山水诗派的代表王维、孟浩然的作品,"一生好入名山游"的大诗人李白也贡献颇丰。有些诗人虽只一两首作品得以入选,其诗亦为佳构,更不乏脍炙人口的名句。其中,还有一些山水名胜在不同的诗篇里被反复地描绘,读者可以由此领略各位诗人颇具个性的创作风格和异曲同工的神思妙笔,比如洞庭湖的君山,在刘禹锡、雍陶与方干的笔下就各具特色。

"江山留胜迹，我辈复登临。"虽经岁月沧桑，陵谷变幻，中华大地依旧是锦绣河山，风景如画。读万卷书，行万里路。读罢这些山水名篇，或许能够为您的旅途增添一份诗意，在游山玩水时吟咏诗句，与千百年前的诗人饱览同样的风景。

上海辞书出版社

2022 年 10 月

走进唐诗

山水

# 目录

▶▶ **王绩**（约589—644） 字无功，绛州龙门（今山西河津）人。尝居东皋，号东皋子。仕隋为秘书省正字，唐初以原官待诏门下省。后弃官还乡。放诞纵酒，其诗多以酒为题材，赞美嵇康、阮籍和陶潜，表现对现实不满，但也流露出颓放消极思想。原有集，已散佚，后人辑有《东皋子集》（一名《王无功集》）。

# 野 望

## 王 绩

东皋薄暮望，徙倚欲何依。

树树皆秋色，山山唯落晖。

牧人驱犊返，猎马带禽归。

相顾无相识，长歌怀采薇。

《野望》写的是山野秋景，在闲逸的情调中，带几分彷徨和苦闷，是王绩的代表作。"东皋薄暮望，徙倚欲何依。"皋是水边地。东皋，指他家乡绛州龙门的一个地方。他归隐后常游北山、东皋，自号"东皋子"。"徙倚"，是徘徊的意思。"欲何依"，化用曹操《短歌行》中"月明星稀，乌鹊南飞，绕树三匝，何枝可依"的意思，表现了百无聊赖的彷徨心情。

下面四句写薄暮中所见景物："树树皆秋色，山山唯落晖。牧人驱犊返，猎马带禽归。"举目四望，到处是一片秋色，在夕阳的余晖中越发

1

显得萧瑟。在这静谧的背景之上,牧人与猎马的特写,带着牧歌式的田园气氛,使整个画面活动了起来。这四句诗宛如一幅山家秋晚图,光与色,远景与近景,静态与动态,搭配得恰到好处。

然而,王绩还不能像晋陶渊明那样从田园中找到慰藉,所以最后说:"相顾无相识,长歌怀采薇。"说自己在现实中孤独无依,只好长吟"采薇"之诗以寄意了。《诗经·召南·草虫》有云:"陟彼南山,言采其薇。未见君子,我心伤悲。"他正是伤心缺少这种知音和知心啊!

读熟了唐诗的人,也许并不觉得这首诗有什么特别的好处。可是,如果沿着诗歌史的顺序,从南朝的宋、齐、梁、陈一路读下来,忽然读到这首《野望》,便会为它的朴素而叫好。南朝诗风大多华靡艳丽,好像浑身裹着绸缎的珠光宝气的贵妇。从贵妇堆里走出来,忽然遇见一位荆钗布裙的村姑,她那不施脂粉的朴素美就会产生特别的魅力。王绩的《野望》便有这样一种朴素的好处。

(袁行霈)

▶ **寒山** 一称寒山子。传为贞观中人,今人推测为大历(766—779)时人。居始丰(今浙江天台)寒岩。好吟诗唱偈,与国清寺僧拾得交友。其诗多表现山林隐逸之趣和佛教的出世思想,对世态亦有所讥刺。语言通俗诙谐。有诗三百余首,后人辑为《寒山子诗集》。

# 杳杳寒山道

### 寒 山

杳杳寒山道,落落冷涧滨。

啾啾常有鸟,寂寂更无人。

淅淅风吹面,纷纷雪积身。

朝朝不见日,岁岁不知春。

诗的内容,写寒岩左近高山深壑中的景色,最后见出心情,通篇浸透了寒意。首联写山水。"杳杳"言山路深暗幽远,"落落"言涧边寂寥冷落。诗一开始就把读者带进一个冷森森的境界,顿觉寒气逼人。次联写山中幽静,用轻细的鸟鸣声反衬四周的冷寂。三联写山中气候,用风雪的凛冽写出环境的冷峻。尾联结到感受:山幽林茂,不易见到阳光;心如古井,不关心春来秋去。前七句渲染环境的幽冷,后一句见出诗人超然物外的冷淡心情。

这首诗除了用景物渲染气氛、以气氛烘托心情这种传统的表现手法之外,使用叠字也是它的特点。诗歌中通篇句首都用叠字,是不多见的。清顾炎武《日知录》说："诗用叠字最难。《卫风·硕人》……连用六叠字,可谓复而不厌,赜而不乱矣。"他提出了用叠字的要求:复而不厌,赜而不乱。要做到这一点,关键在于变化。寒山这首诗使用叠字,就很富于变化。"杳杳"具有幽暗的色彩感;"落落"具有空旷的空间感;"啾啾"言有声;"寂寂"言无声;"淅淅"写风的动态感;"纷纷"写雪的飞舞状;"朝朝""岁岁"虽同指时间,又有长短的区别。八组叠字,各具情状。就词性看,这些叠字有形容词、副词、象声词、名词,也各不相同。就描摹对象看,或山或水,或鸟或人,或风或雪,或境或情,也不一样。这样就显得变化多姿,字虽重复而不会使人厌烦,繁赜而井然不乱。

（赖汉屏）

▶▶ 张若虚（约660—约720）　扬州（今属江苏）人。官兖州兵曹。与贺知章、张旭、包融齐名，号"吴中四士"。

诗/人/小/传

# 春江花月夜

张若虚

春江潮水连海平，海上明月共潮生。

滟滟随波千万里，何处春江无月明。

江流宛转绕芳甸，月照花林皆似霰。

空里流霜不觉飞，汀上白沙看不见。

江天一色无纤尘，皎皎空中孤月轮。

江畔何人初见月？江月何年初照人？

人生代代无穷已，江月年年只相似。

不知江月待何人，但见长江送流水。

白云一片去悠悠，青枫浦上不胜愁。

谁家今夜扁舟子？何处相思明月楼？

可怜楼上月徘徊，应照离人妆镜台。

玉户帘中卷不去，捣衣砧上拂还来。

此时相望不相闻，愿逐月华流照君。

鸿雁长飞光不度，鱼龙潜跃水成文。

昨夜闲潭梦落花，可怜春半不还家。

江水流春去欲尽，江潭落月复西斜。

斜月沉沉藏海雾，碣石潇湘无限路。

不知乘月几人归，落月摇情满江树。

被闻一多先生誉为"诗中的诗，顶峰上的顶峰"（《宫体诗的自赎》）的《春江花月夜》，一千多年来使无数读者为之倾倒。一生仅留下两首诗的张若虚，也因这一首诗，"孤篇横绝，竟为大家"。

《春江花月夜》在思想与艺术上都超越了以前那些单纯模山范水的景物诗，"羡宇宙之无穷，哀吾生之须臾"的哲理诗，抒儿女别情离绪的爱情诗。诗人将这些屡见不鲜的传统题材，注入了新的含义，融诗情、画意、哲理为一体，凭借对春江花月夜的描绘，尽情赞叹大自然的奇丽景色，讴歌人间纯洁的爱情，把对游子思妇的同情心扩大开来，与对人生哲理的追求、对宇宙奥秘的探索结合起来，从而汇成一种情、景、理水乳交融的幽美而邈远的意境。诗人将深邃美丽的艺术世界特意隐藏在惝恍迷离的艺术氛围之中，整首诗篇仿佛笼罩在一片空灵而迷茫的月色里，吸引着读者去探寻其中美的真谛。

全诗紧扣春、江、花、月、夜的背景来写，而又以月为主体。"月"是诗中情景兼融之物，它跳动着诗人的脉搏，在全诗中犹如一条生命纽带，通贯上下，触处生神，诗情随着月轮的生落而起伏曲折。月在一夜之间经历了升起—高悬—西斜—落下的过程。在月的照耀下，江水、沙滩、天空、原野、枫树、花林、飞霜、白云、扁舟、高楼、镜台、砧石、长飞的鸿雁、潜跃的鱼龙、不眠的思妇以及漂泊的游子,组成了完整的诗歌形象,展现出一幅充满人生哲理与生活情趣的画卷。这幅画卷在色调上是以淡寓浓,虽用水墨勾勒点染,但"墨分五彩",从黑白相辅、虚实相生中显出绚烂多彩的艺术效果,宛如一幅淡雅的中国水墨画,体现出春江花月夜清幽的意境美。

(吴翠芬)

▶ **张九龄**(673 或 678—740) 一名博物,字子寿,韶州曲江(今广东韶关西南)人。长安进士,累官至中书侍郎同中书门下平章事。开元二十四年(736)为李林甫所潜,罢相。其《感遇诗》以格调刚健著称。有《曲江集》。

# 湖口望庐山瀑布水

### 张九龄

万丈红泉落,迢迢半紫氛。

奔流下杂树,洒落出重云。

日照虹霓似,天清风雨闻。

灵山多秀色,空水共氤氲。

这诗描写的是庐山瀑布水的远景,从不同角度,以不同手法,取大略细,写貌求神,重彩浓墨,渲染烘托,以山相衬,与天相映,写出了一幅雄奇绚丽的庐山瀑布远景图;而寓比寄兴,景中有人,象外有音,节奏舒展,情调悠扬,赏风景而自怜,写山水以抒怀,又处处显示着诗人为自己写照。

诗人欣赏瀑布,突出赞叹它的气势、风姿、神采和境界。首联写瀑布从高高的庐山落下,远望仿佛来自半天之上。“万丈”指山高,“迢迢”谓天远,从天而降,气势不凡;而“红泉”“紫氛”相映,光彩夺目。次联写瀑布的风姿:青翠高耸的庐山,杂树丛生,云气缭绕。远望瀑布,或为杂树遮断,或被云气掩住,不能看清全貌。但诗人以其神写其貌,形容瀑布是奔腾流过杂树,潇洒脱出云气,其风姿多么豪放有力,泰然自如。三联写瀑布的神采声威。阳光照耀,远望瀑布,若彩虹当空,神采高瞻;天气晴朗,又似闻其响若风雨,声威远播。末联赞叹瀑布的境界:庐山本属仙境,原多秀丽景色,而以瀑布最为特出。它与天空连成一气,真是天地和谐化成的精醇,境界何等恢宏阔大。《易·系辞》:"天地氤氲,万物化醇。"此用其词,显然寄托着诗人的理想境界和政治抱负。

作为一首山水诗,它的艺术是独特而成功的。乍一读,它好像只是在描写、赞美瀑布景象,有一种欣赏风景、吟咏山水的名士气度。稍加吟味,则可感觉其中蕴激情,怀壮志,显出诗人胸襟开阔,风度豪放,豪情满怀,其艺术效果是奇妙有味的。"诗言志",山水即人,这首山水诗是一个成功的例证。

(倪其心)

▶▶ **孟浩然**（689—740） 以字行，襄州襄阳（今属湖北）人。早年隐居鹿门山。年四十，游长安，应进士不第。后为荆州从事，患疽卒。曾游历东南各地，诗与王维齐名，称为"王孟"。其诗清淡雅致，长于写景，多反映隐逸生活。有《孟浩然集》。

# 彭蠡湖中望庐山①

## 孟浩然

太虚生月晕，舟子知天风。

挂席候明发，渺漫平湖中。

中流见匡阜，势压九江雄。

黯黮②凝黛色，峥嵘当曙空。

香炉初上日，瀑水喷成虹。

久欲追尚子③，况兹怀远公④。

我来限于役，未暇息微躬。

淮海途将半，星霜岁欲穷。

寄言岩栖者，毕趣当来同。

---

① 彭蠡湖：古泽薮名，即今江西鄱阳湖。
② 黯黮（dǎn）：昏暗不明。
③ 尚子：东汉隐士尚长。
④ 远公：东晋高僧慧远，居于庐山东林寺。

这首诗是作者漫游东南各地、途经鄱阳湖时的作品。

这虽是一首古诗，但对偶句相当多，工稳、自然而且声调优美。譬如"黯黕凝黛色，峥嵘当曙空"中的"黯黕"与"峥嵘"，都是叠韵词；形容颜色的两字，都带"黑"旁，形容山高的两字都带"山"旁。不仅意义、词性、声调相对，连字形也相对了。《全唐诗》称孟诗"伫兴而作，造意极苦"，于此可见一斑。

此诗结构极为紧密。由"月晕"而推测到"天风"，由"舟子"而写到"挂席"，坐船当是在水上，到"中流"遂见庐山。这种联系都是极为自然的。庐山给人第一个印象是气势雄伟；由黎明到日出，才看到它的妩媚多姿、绚丽多彩。见庐山想到"尚子"和"远公"，然后写到自己思想上的矛盾。顺理成章，句句相连，环环相扣，过渡自然，毫无跳跃的感觉。作者巧妙地把时间的推移，空间的变化，思想的矛盾，紧密地结合起来。这正是它结构之所以紧密的秘密所在。

（李景白）

# 夜 归 鹿 门 歌

孟浩然

山寺鸣钟昼已昏，渔梁渡头争渡喧。

人随沙岸向江村，余亦乘舟归鹿门。

鹿门月照开烟树，忽到庞公栖隐处。

岩扉松径长寂寥，唯有幽人独来去。

## 赏析

　　首二句即写傍晚江行见闻，听着山寺传来黄昏报时的钟响，望见渡口人们抢渡回家的喧闹。这悠然的钟声和尘杂的人声，显出山寺的僻静和世俗的喧闹，两相对照，唤起联想，使诗人在船上闲望沉思的神情，潇洒超脱的襟怀，隐然可见。三、四句就说世人回家，自己离家去鹿门，两样心情，两种归途，表明自己隐逸的志趣，恬然自得。五、六句是写夜晚攀登鹿门山山路，"鹿门月照开烟树"，朦胧的山树被月光映照得格外美妙，诗人陶醉了。忽然，很快地，仿佛在不知不觉中就到了归宿地，原来庞德公就是隐居在这里，诗人恍然大悟。这微妙的感受，亲切的体验，表现出隐逸的情趣和意境，隐者为大自然所融化，至于忘乎所以。末二句便写"庞公栖隐处"的境况，点破隐逸的真谛。这"幽人"，既指庞德公，也是自况，因为诗人彻底领悟了"遁世无闷"的妙趣和真谛，躬身实践了庞德公"采药不返"的道路和归宿。在这个天地里，与尘世隔绝，唯山林是伴，只有他孤独一人寂寞地生活着。

　　显然，这首诗的题材是写"夜归鹿门"，读来颇像一则随笔素描的山水小记。但它的主题是抒写清高隐逸的情怀志趣和道路归宿。诗中所写从日落黄昏到月悬夜空，从汉江舟行到鹿门山途，实质上是从尘杂世俗到寂寥自然的隐逸道路。诗人以谈心的语调，自然的结构，省净的笔墨，疏豁的点染，真实地表现出自己内心的体验和感受，动人地显现出恬然超脱的隐士形象,形成一种独到的意境和风格。

(倪其心)

# 望洞庭湖赠张丞相

孟浩然

八月湖水平, 涵虚混太清。

气蒸云梦泽①, 波撼岳阳城。

欲济无舟楫, 端居耻圣明。

坐观垂钓者, 徒有羡鱼情。

---

① 云梦:水泽名。古代云、梦二泽,长江之南为梦泽,长江之北为云泽,后淤积为陆地,并称为云梦泽,约为今洞庭湖北岸一带地区。

赏析

    本诗是孟浩然写给时在相位的张九龄的干谒之作,也是一首写洞庭湖风景的名篇。开头二句写正逢八月水涨,洞庭湖水与岸平齐,汪洋浩瀚,仿佛与天空浑融为一体。颔联进一步写水势壮阔,以衬托的手法,写水汽蒸腾仿佛涵盖广阔的云梦大泽,波浪激荡甚至要撼动岳阳城,声势更显浩大。后四句转向干谒之意,并不直白写出,而是极为含蓄。以渡水无舟和徒羡钓鱼为喻,既契合眼前湖水而不显突兀,又巧妙暗示了自己无人赏识的境遇。诗人吐露心声,表示自己在这圣明之世不甘于安居度日,希望能够得到贵人即张九龄的引荐,做一番事业。虽为干谒诗,却写得含蓄委婉,不失身份,不露痕迹。特别是写景大气磅礴,颇见盛唐气象。

（于　湘）

# 宿桐庐江寄广陵旧游

孟浩然

山暝听猿愁,沧江急夜流。

风鸣两岸叶,月照一孤舟。

建德非吾土,维扬忆旧游。

还将两行泪,遥寄海西头。

这首诗在意境上显得清寂或清峭,情绪上则带着比较重的孤独感。

诗题点明是乘舟停宿桐庐江的时候,怀念广陵(即扬州)友人之作。桐庐江为钱塘江流经桐庐县一带的别称。"山暝听猿愁,沧江急夜流。"首句写日暮、山深、猿啼。诗人伫立而听,感觉猿啼似乎声声都带着愁情。环境的清寥,情绪的黯淡,于一开始就显露了出来。次句沧江夜流,本来已给舟宿之人一种不平静的感受,再加上一个"急"字,这种不平静的感情,便简直要激荡起来了,它似乎无法控制,而像江水一样急于寻找它的归宿。接下去,"风鸣两岸叶,月照一孤舟。"语势趋向自然平缓了。但风不是徐吹轻拂,而是吹得木叶发出鸣声,其急也应该是如同江水的。有月,照说也还是一种慰藉,但月光所照,惟沧江中之一叶孤舟,诗人的孤寂感,就更加要被深深触动了。如果将后两句和前两句联系起来,则可以进一步想象风声伴着猿声是作用于听觉的,月涌江流不仅作用于视觉,同时还必然有置身于舟上的动荡不定之感。这就构成一个深远清峭的意境,而一种孤独感和情绪的动荡不宁,都蕴含其中了。

诗人何以在宿桐庐江时有这样的感受呢?"建德非吾土,维扬忆旧游。"建德当时为桐庐邻县,这里即指桐庐江流境。维扬,扬州的古称。按照诗人的诉说,一方面是因为此地不是自己的故乡,"虽信美而非吾土",有独客异乡的惆怅;另一方面,是怀念扬州的老朋友。这种思乡怀友的情绪,在眼前这特定的环境下,相当强烈,不由得潜然泪下。他幻想凭着沧江夜流,把自己的两行热泪带向大海,带给在大海西头的扬州旧友。

(余恕诚)

# 与诸子登岘首①

孟浩然

**人事有代谢,　往来成古今。**

江山留胜迹，我辈复登临。

水落鱼梁②浅，天寒梦泽③深。

羊公碑尚在，读罢泪沾襟。

① 岘首：即岘山，又称岘首山，在湖北襄阳南。
② 鱼梁：指鱼梁洲。《水经注·沔水》："沔水中有鱼梁洲，庞德公所居。"
③ 梦泽：见《望洞庭湖赠张丞相》注。

"人事有代谢，往来成古今"，是一个平凡的真理。大至朝代更替，小至一家兴衰，以及人们的生老病死、悲欢离合，人事总是在不停止地变化着，有谁没有感觉到呢？寒来暑往，春去秋来，时光也在不停止地流逝着，这又有谁没有感觉到呢？首联凭空落笔，似不着题，却引出了作者的浩瀚心事。第二联紧承第一联。"江山留胜迹"是承"古"字，"我辈复登临"是承"今"字。作者的伤感情绪，便是来自今日的登临。第三联写登山所见。"浅"指水，由于"水落"，鱼梁洲更多地呈露出水面，故称"浅"；"深"指梦泽，辽阔的云梦泽，一望无际，令人感到深远。登山远望，水落石出，草木凋零，一片萧条景象。作者抓住了当时当地所特有的景物，提炼出来，既能表现出时序为严冬，又烘托了作者心情的伤感。

"羊公碑尚在"，一个"尚"字，十分有力，它包含了复杂的内容。羊祜镇守襄阳，是在晋初，而孟浩然写这首诗却在盛唐，中隔四百余年，朝代的更替，人事的变迁，是多么巨大！然而羊公碑却还屹立在岘首山上，令人敬仰。与此同时，又包含了作者伤感的情绪。四百多年前的羊祜，为国（指晋）效力，也为人民做了一些好事，是以名垂千古，与山俱传；想到自己至今仍为"布衣"，无所作为，死后难免湮没无闻，这和"尚在"的羊公碑，两相对比，令人伤感，因之，就不免"读罢泪沾襟"了。

这首诗前两联具有一定的哲理性，后两联既描绘了景物，富有形象，又饱含了作者的激情，这就使得它成为诗人之诗而不是哲人之诗。同时，语言通俗易懂，感情真挚动人，以平淡深远见长。清沈德潜评孟浩然诗，"从静悟中得之，故语淡而味终不薄"（《唐诗别裁集》）。这首诗的确有如此情趣。

（李景白）


# 晚泊浔阳望庐山

### 孟浩然


挂席几千里，名山都未逢。

泊舟浔阳郭，始见香炉峰。

尝读远公传，永怀尘外踪。

东林精舍近，日暮空闻钟。

这首诗色彩淡素，浑成无迹，后人叹为"天籁"之作。上来四句，颇

17

有气势,尺幅千里,一气直下。诗人用淡笔随意一挥,便把这江山胜处的风貌勾勒出来了,而且还传递了神情。

试想在那千里烟波江上,扬帆而下,心境何等悠然。一路上也未始无山,但总不见名山,直到船泊浔阳(治今江西九江)城下,头一抬,那秀拔挺出的庐山就在眼前突兀而起:"啊,香炉峰,这才见到了你,果然名不虚传!"四句诗,一气呵成,到"始"字轻轻一点,舟中主人那欣然怡悦之情就显示出来了。

香炉峰烟云飘逸,远"望"着的诗人,神思也随之悠然飘忽,引起种种遐想。诗人想起了东晋高僧慧远,他爱庐山,刺史桓伊为他在这里建造了一座禅舍名"东林精舍"。诗人在遐想,深深怀念这位高僧的尘外幽踪。这时,夕阳斜照,忽然隐隐约约听到从远公安禅之地的东林寺里传来阵阵钟声,东林精舍近在眼前,而远公早作古人。高人不见,空闻钟声,心中不禁兴起一种无端的怅惘。"空"字情韵极为丰富。这儿是倒装句法,应该是先闻东林之钟然后得知精舍已"近"。这一结余音袅袅,含有不尽之意。且点出东林精舍,正是作者向往之处。"日暮"二字说明闻钟的时刻,"闻钟"又渲染了"日暮"的气氛,加深了深远的意境;同时,也是点题。

这首诗,诗人写来毫不费力,真有"挥毫落纸如云烟"之妙。诗人写出了"晚泊浔阳"时的所见、所闻、所思,流露出对隐逸生活的钦羡。然而尽管"精舍"很"近",诗人却不写登临拜谒,笔墨下到"空闻"而止,"望"而不即,悠然神远。

(钱仲联　徐永端)

# 题义公禅房

孟浩然

义公习禅寂，结宇依空林。

户外一峰秀，阶前众壑深。

夕阳连雨足，空翠落庭阴。

看取莲花净，方知不染心。

　　这是一首题赞诗，也是一首山水诗。义公是位高僧，禅房是他坐禅修行的屋宇。这诗通过描写义公禅房的山水环境，衬托出义公的清德高风，情调古雅，潇洒物外，而表现自然明快，词句清淡秀丽，是孟诗艺术的代表作之一。

　　"禅寂"是佛家语，佛教徒坐禅入定，思惟寂静，所谓"一心禅寂，摄诸乱恶"（《维摩诘经》）。义公为了"习禅寂"，在空寂的山林里修筑禅房，"依空林"点出禅房的背景，以便自如地转向中间两联描写禅房前景。

　　禅房的前面是高雅深邃的山景。开门正望见一座挺拔秀美的山峰，台阶前便与一片深深的山谷相连。人到此地，瞻仰高峰，注目深壑，自有一种断绝尘想的意绪，神往物外的志趣。而当雨过天晴之际，夕阳徐下时分，天宇方沐，山峦清净，晚霞夕岚，相映绚烂。此刻，几缕未尽的雨丝拂来,一派空翠的水气飘落,禅房庭上,和润阴凉,人立其间,更见出风姿情采,方能体味义公的高超眼界和绝俗襟怀。

描写至此,禅房山水环境的美妙,义公眼界襟怀的清高,都已到好处。然而实际上,中间二联只是描写赞美山水,无一字赞人。因此,诗人再用一笔点破,说明写景是写人,赞景以赞人。不过诗人不是直白道破,而是巧用佛家语。"莲花"指通常所说的"青莲",是佛家语。其梵语音译为"优钵罗"。青莲花清净香洁,不染纤尘,佛家用它比喻佛眼,所谓菩萨"目如广大青莲花"(《法华妙音品》)。这两句的含意是说,义公选取了这样美妙的山水环境来修筑禅房,可见他具有佛眼般清净的眼界,方知他怀有青莲花一样纤尘不染的胸襟。这就点破了写景的用意,结出了本诗的主题。

(倪其心)

# 宿建德江

孟浩然

移舟泊烟渚,日暮客愁新。

野旷天低树,江清月近人。

首句写泊舟停宿,呼应题目,并以泊舟之地为烟雾迷蒙的小洲来

为全诗奠定清幽的基调,引出下句的触景生情:"日暮客愁新"。日暮本是归家之时,诗人却漂泊在外,舟中暂宿,故而又触动新愁。后二句写舟中愁客所见之景。放眼望去,原野空旷无际,显得天仿佛比树还要低。明月倒映在清澈的江水中,仿佛与人十分接近。这两句用语质朴自然,构造出一个清净、寂寥的境界。旷野无际,天地苍茫,身置其中,更显孤寂,唯有明月近人,聊可慰藉。虽纯为景语,却已将客愁融入其中,言有尽而意无穷。

(江　哲)

▶ **綦毋潜**（692—约749） 字孝通，虔州南康（今江西赣州市南康区）人。开元进士，曾任右拾遗，终著作郎。其诗喜写方外之情和山林孤寂之境，流露出追慕隐逸之意。

# 春泛若耶溪

### 綦毋潜

幽意无断绝，此去随所偶。

晚风吹行舟，花路入溪口。

际夜转西壑，隔山望南斗。

潭烟飞溶溶，林月低向后。

生事且弥漫，愿为持竿叟。

**赏析**

　　这首五言古体诗大约是诗人归隐后的作品。若耶溪在今浙江绍兴市东南，相传为西施浣纱处，水清如镜，照映众山倒影，窥之如画。诗人在一个春江花月之夜，泛舟溪上，自然会滋生出无限幽美的情趣。

　　诗人以春江、月夜、花路、扁舟等景物，创造了一种幽美、寂静而又迷蒙的意境。而怀着隐居"幽意"的泛舟人，置身于这种境界之中，此刻有何感受呢？"生事且弥漫，愿为持竿叟"。啊，人生世事正如溪水上弥漫无边的烟雾，缥缈迷茫，我愿永作若耶溪边一位持竿而钓的隐者。"持竿叟"，又应附近地域的严子陵富春江隐居垂钓的故实，表明诗人心迹。末二句抒发感慨极其自然,由夜景的清雅更觉世事的嚣嚣,便自然地追慕"幽意"的人生。

在写法上,诗人紧扣住题目中一个"泛"字,在曲折回环的扁舟行进中对不同的景物进行描写,因而所写的景物虽然寂静,但整体上却有动势,恍惚流动,迷蒙缥缈,呈现出隐约跳动的画面,给人以轻松畅适的感受和美的欣赏。

（李敬一）

▶▶ **王维**(约701—761) 字摩诘,原籍祁县(今属山西),其父迁居蒲州(治今山西永济西南蒲州镇),遂为河东人。开元进士。累官至给事中。安禄山叛军陷长安时曾受职,乱平后,降为太子中允。后官至尚书右丞,故亦称王右丞。中年后居蓝田辋川,过着亦官亦隐的优游生活。诗与孟浩然齐名,世称"王孟"。前期写过一些以边塞为题材的诗篇。但其作品最主要的则为山水诗,通过田园山水的描绘,宣扬隐士生活和佛教禅理;体物精细,状写传神,具有独特成就。兼通音乐,工书画。有《王右丞集》。

走进唐诗
山水

# 青　溪

### 王　维

言①入黄花川②,每逐青溪③水。

随山将万转,　趣④途无百里。

声喧乱石中,　色静深松里。

漾漾泛菱荇,　澄澄映葭苇。

我心素已闲,　清川澹如此。

请留盘石上,　垂钓将已矣。

---

① 言:发语词,无意义。
② 黄花川:在今陕西凤县东北黄花镇附近。
③ 青溪:在今陕西勉县之东。
④ 趣:通"趋"。

赏析

　　青溪这条不知名的溪水,却吸引着诗人王维时时游历。不及百里的路途因溪水随着山势蜿蜒曲折,呈现出不同的风景。青溪穿过乱石间带来喧闹的水声,在深茂的松林中流淌又变得深沉静谧。菱叶与荇菜随着清波荡漾而摇曳,蒹葭与芦苇倒映在澄澈的水面。诗人动静结合,多角度描绘了青溪的美景,之后便点出自己"每逐青溪水"的原因:青溪恬淡素雅的风景,正与诗人自己闲适淡泊的心境相契合。青溪正是诗人自身的写照。诗人愿像垂钓于富春江的隐士严子陵一样于青溪隐居,远离世俗的纷扰。

(秦 辉)

# 辋川闲居赠裴秀才迪

## 王 维

寒山转苍翠,秋水日潺湲。

倚杖柴门外,临风听暮蝉。

渡头余落日,墟里上孤烟。

复值接舆醉,狂歌五柳前。

这首诗在描绘辋川风景的同时,展现了诗人和好友裴迪两个隐士的形象。诗人自比为著名的隐逸诗人"五柳先生"陶渊明,把裴迪比作不拘世俗、痛饮狂歌的楚狂士接舆，展现了乐在其中的隐居生活以及与好友的深情厚谊。全诗情景交融，写人与绘景密切结合，正是这辋川清幽静谧的风景，更显得隐居者如世外高人般的闲适超然。其中颈联为写景名句，"渡头余落日"抓住夕阳西下即将沉于水面这一瞬间，"墟里上孤烟"则精确地表现出炊烟悠然上升的动感。炼字又无斧凿之迹，看似信笔写来，精妙无比。曹雪芹也在《红楼梦》中借香菱之口称赞道："这余字和上字，难为他怎么想来！"

（秦　辉）

# 山 居 秋 暝

### 王　维

空山新雨后，天气晚来秋。

明月松间照，清泉石上流。

竹喧归浣女，莲动下渔舟。

随意春芳歇，王孙自可留。

赏析

这首山水名篇，于诗情画意之中寄托着诗人高洁的情怀和对理想境界的追求。

诗的中间两联同是写景,而各有侧重。颔联侧重写物,以物芳而明志洁;颈联侧重写人,以人和而望政通。同时,二者又互为补充,泉水、青松、翠竹、青莲,可以说都是诗人高尚情操的写照,都是诗人理想境界的环境烘托。

既然诗人是那样地高洁,而他在那貌似"空山"之中又找到了一个称心的世外桃源,所以就情不自禁地说:"随意春芳歇,王孙自可留"!本来,《楚辞·招隐士》说:"王孙兮归来,山中兮不可久留!"诗人的体会恰好相反,他觉得"山中"比"朝中"好,洁净纯朴,可以远离官场而洁身自好,所以就决然归隐了。

这首诗一个重要的艺术手法,是以自然美来表现诗人的人格美和一种理想中的社会之美。表面看来,这首诗只是用"赋"的方法模山范水,对景物作细致感人的刻画,实际上通篇都是比兴。诗人通过对山水的描绘寄慨言志,含蕴丰富,耐人寻味。

(傅如一)

# 终 南 别 业

## 王 维

中岁颇好道,晚家南山陲。

兴来每独往,胜事空自知。

行到水穷处,坐看云起时。

偶然值林叟,谈笑无还期。

王维晚年隐居于终南山辋川别墅,这首诗就是写他悠闲自得的隐居生活。开头两句表明心迹,述说自己中年即笃信佛教,厌弃世俗,晚年便归隐山林,在终南山脚下安家,居于题目中的"别业"。第二联概写隐居之趣。诗人兴致来时便独自出游,欣赏美景,虽说"空"自知,却并没有遗憾之意,而是"妙处难与君说",本不求他人知晓,乐在其中足矣。接下来的颈联,则是具体写一桩"胜事",也是本诗中的名句:"行到水穷处,坐看云起时。"兴致勃勃的诗人沿水边悠然漫游,一路行至水流尽处,便坐下来,仰望天边的白云。"水穷处",看似风光已尽,诗人却不紧不慢,也不换路,也不折返,而是悠然闲坐,天边飘动白云又带来了另一番风光。这两句诗不仅极具画意,更生动地表现了诗人从容闲适的心境,那悠然漂浮的白云也恰如诗人的写照。尾联写诗人遇到了林中的老人,便相谈甚欢,甚至忘记了归期。"偶然"与全诗随性、悠闲的氛围一以贯之:出游是兴来便往,水穷路尽则闲坐观云,偶然相遇、谈笑尽兴则不顾归期……一位远离世俗纷扰的世外隐者的无拘无束、自由自在,在全诗自然平淡的语言中展现得淋漓尽致。

（秦　辉）

# 终 南 山

王 维

太乙近天都,连山接海隅。

白云回望合,青霭入看无。

分野中峰变,阴晴众壑殊。

欲投人处宿,隔水问樵夫。

　　王维身兼诗人与画家,被赞为"诗中有画,画中有诗"。这首诗就正是一幅描绘终南山的山水画卷。首联写远望,以夸张的手法表现了终南山的雄伟高峻与宽广绵延,仿佛近天接海,望不到尽头。接下来视角由远望进入山中。山中云霭迷蒙,回望脚下的来路,已被合拢的白云遮蔽,眼前的团团青霭,走入其中却看不见摸不着。十个字精练地写出了登山之人常见的体验。这两句写山中,却不写具体山石花木,而将一切景物都笼罩于白云与青霭之中,朦胧迷离,意余象外,给读者以广阔的想象空间。颈联又转为全景描绘,以中峰四望的视角,将终南山尽收眼底。古人以天上的星宿对应地上的区域,称为"分野",这两句极写终南山的辽阔,范围之广,中峰两侧已为不同的分野,众多山谷也因阳光照射的不同呈现出多姿多彩的风貌。尾联写诗人游览山景,意犹未足,欲留宿山中,故而向樵夫询问。全诗前六句均为写景,一幅终南山的风光图已在眼前,末两句将人物添于画卷之上,更显几许生机,实为点睛之笔。

（秦　辉）

# 汉 江 临 泛 ①

王　维

楚塞三湘②接,荆门九派③通。

江流天地外, 山色有无中。

郡邑浮前浦, 波澜动远空。

襄阳好风日, 留醉与山翁。

---

① 元方回《瀛奎律髓》题作《汉江临眺》。汉江:即汉水。
② 楚塞:指古代楚国地界。三湘:湘水合漓水称漓湘,合蒸水称蒸湘,合潇水称潇湘,故又称三湘。
③ 荆门:在今湖北荆门南。九派:九条支流。《文选》郭璞《江赋》:"流九派于浔阳。"李善注引应劭《汉书》注:"江自庐江浔阳分为九。"

这首《汉江临泛》可谓王维融画法入诗的力作。

"江流天地外,山色有无中",以山光水色作为画幅的远景。汉江滔滔远去,好像一直涌流到天地之外去了,两岸重重青山,迷迷蒙蒙,时隐时现，若有若无。前句写出江水的流长邈远，后句又以苍茫山色烘托出江势的浩瀚空阔。诗人着墨极淡，却给人以壮丽新奇之感，其效果远胜于重彩浓抹的油画和色调浓丽的水彩。而其"胜"，就在于画面的气韵生动。难怪王世贞说："江流天地外，山色有无中，是诗家俊语，却入画三昧。"

　　这首诗给我们展现了一幅色彩素雅、格调清新、意境优美的水墨山水画。画面布局，远近相映，疏密相间，加之以简驭繁，以形写意，轻笔淡墨，又融情于景，情绪乐观，这就给人以美的享受。王维同时代的殷璠在《河岳英灵集》中说："维诗词秀调雅，意新理惬，在泉为珠，着壁成绘。"此诗很能体现这一特色。

（徐应佩　周溶泉）


# 鹿　柴①

王　维

空山不见人，但闻人语响。

返景入深林，复照青苔上。

---

①　鹿柴(zhài)：辋川的地名。

赏析

　　这是王维后期的山水诗代表作——五绝组诗《辋川集》二十首中

的第四首。

　　静美和壮美,是大自然的千姿百态的美的两种类型,其间本无轩轾之分。但静而近于空无,幽而略带冷寂,则多少表现了作者美学趣味中不健康的一面。同样写到"空山",同样侧重于表现静美,《山居秋暝》色调明朗,在幽静的基调上浮动着安恬的气息,蕴含着活泼的生机;《鸟鸣涧》虽极写春山的静谧,但整个意境并不幽冷空寂,素月的清辉,桂花的芬芳,山鸟的啼鸣,都带有春的气息和夜的安恬;而《鹿柴》则不免带有幽冷空寂的色彩,尽管还不至于幽森枯寂。

　　王维是诗人、画家兼音乐家。这首诗正体现出诗、画、乐的结合。无声的静寂,无光的幽暗,一般人都易于觉察;但有声的静寂,有光的幽暗,则较少为人所注意。诗人正是以他特有的画家、音乐家对色彩、声音的敏感,才把握住了空山人语响和深林入返照的一刹那间所显示的特有的幽静境界。而这种敏感,又和他对大自然的细致观察、潜心默会分不开。

（刘学锴）


# 白　石　滩

王　维


清浅白石滩,绿蒲向堪把。

家住水东西,浣纱明月下。

赏析

　　白石滩，辋水边上由一片白石形成的浅滩，是著名的辋川二十景之一。王维的山水诗很注意表现景物的光线和色彩，这首诗就是用暗示的手法写月夜的光线。它通过刻画沉浸在月色中的景物，暗示出月光的皎洁、明亮。如头两句"清浅白石滩，绿蒲向堪把"，写滩上的水、水底的石和水中的蒲草，清晰如画。何以夜色之中，能看得如此分明？这不正暗示月光的明亮吗？唯其月明，照彻滩水，水才能见其"清"，滩才能显其"浅"，而水底之石也才能现其"白"。不仅如此，从那铺满白石的水底，到那清澈透明的水面，还可以清清楚楚地看到生长其中的绿蒲——它们长得又肥又嫩，差不多已可以用手满把地采摘了。这里，特别值得注意的是一个"绿"字：光线稍弱，绿色就会发暗；能见其绿，足见月光特别明亮。月之明，水之清，蒲之绿，石之白，相映相衬，给人造成了极其鲜明的视觉感受。

　　前两句，是静态的景物描写。后两句，作者给白石滩添上了活动着的人物，使整个画面充满了生气。"家住水东西，浣纱明月下"，写一群少女，有的家住水东，有的家住水西，她们趁着月明之夜，不约而同地来到白石滩上洗衣浣纱。是什么把她们吸引出来的呢？不正是那皎洁的明月吗？这就又通过人物的行动，暗示了月光的明亮。这种写法，跟《鸟鸣涧》中的"月出惊山鸟"以鸟惊来写月明，颇相类似。

（刘德重）

# 鸟 鸣 涧

王 维

人闲桂花落,夜静春山空。
月出惊山鸟,时鸣春涧中。

赏析

桂树枝叶繁茂,而花瓣细小,花落,尤其是在夜间,并不容易觉察。因此,开头"人闲"二字不能轻易看过。"人闲"说明周围没有人事的烦扰,说明诗人内心的闲静。有此作为前提,细微的桂花从枝上落下,才被觉察到了。诗人能发现这种"落",或仅凭花落在衣襟上所引起的触觉,或凭声响,或凭花瓣飘坠时所发出的一丝丝芬芳。总之,"落"所能影响于人的因素是很细微的。而当这种细微的因素,竟能被从周围世界中明显地感觉出来的时候,诗人则又不禁要为这夜晚的静谧和由静谧格外显示出来的空寂而惊叹了。这里,诗人的心境和春山的环境气氛,是互相契合而又互相作用的。

在这春山中,万籁都陶醉在那种夜的色调、夜的宁静里了。因此,当月亮升起,给这夜幕笼罩的空谷,带来皎洁银辉的时候,竟使山鸟惊觉起来。鸟惊,当然是由于它们已习惯于山谷的静默,似乎连月出也带有新的刺激。但月光之明亮,使幽谷前后景象顿时发生变化,亦可想见。

王维在他的山水诗里,喜欢创造静谧的意境,这首诗也是这样。

但诗中所写的却是花落、月出、鸟鸣，这些动的景物，既使诗显得富有生机而不枯寂，同时又通过动，更加突出地显示了春涧的幽静。动的景物反而能取得静的效果，这是因为事物矛盾着的双方，总是互相依存的。在一定条件下，动之所以能够发生，或者能够为人们所注意，正是以静为前提的。"鸟鸣山更幽"，这里面是包含着艺术辩证法的。

（余恕诚）

# 山　中

王　维

荆溪白石出，天寒红叶稀。
山路元①无雨，空翠湿人衣。

---

① 元：通"原"，原来，本来。

## 赏析

　　诗人以几处具有代表性的景物，描绘了一幅山中冬日图。前两句写局部。时值初冬，溪水变浅，水下的白石因而露出水面，洁白莹润。入冬天寒，枝头的红叶已变得稀稀落落，但在苍翠的山中依旧灿烂夺目，更添一抹艳丽。后二句写整体的山色，极力突出其空明苍翠。翠色本是视觉体验，是无形的，但这翠色浓重欲滴，身处其中，使人仿佛能感到如细雨沾衣般的湿润与清凉。诗人以妙笔将无形的翠色变得可触可感,生动地表现了人在山中行、笼罩于翠色之中的体验。全诗短短二十字,白、红、翠,色调丰富鲜明,颇具画意。虽写冬日天寒,却清新可爱,无冷寂之感。

（秦　辉）

诗 / 人 / 小 / 传

▶ **丘为** 苏州嘉兴（今属浙江）人。天宝初进士，曾官太子右庶子。与王维、刘长卿友善。贞元年间卒，年九十六。其诗大抵为五言，多写田园风物。

# 寻西山隐者不遇

### 丘 为

绝顶一茅茨，直上三十里。

扣关无僮仆，窥室唯案几。

若非巾柴车，应是钓秋水。

差池不相见，黾勉①空仰止。

草色新雨中，松声晚窗里。

及兹契幽绝，自足荡心耳。

虽无宾主意，颇得清净理。

兴尽方下山，何必待之子。

---

① 黾（mǐn）勉：勉力，尽力。

　　开头两句写隐者居于绝顶之上一座茅草屋中，既体现诗人不辞"三十里"路途之遥来拜访之精诚，又勾勒出这位隐者远离尘世、离群

索居的形象。接下来写诗人寻访不遇,敲门没有僮仆理睬,窥见室内无人,唯有几案。于是诗人便猜测隐者的去向,如果不是驾着柴车出游,就是在水边垂钓吧。通过诗人的想象,表现隐者优游闲适的隐居生活。错失了与隐者相见的机会,空负了满腔的敬仰之情,诗人不免有些失望。至此,寻访不遇之意似已说尽,诗也可以完结,可诗人却转而宕开一笔,开始欣赏隐者所居之地的风景。雨中草色,窗际松声,这清幽的环境使诗人忘记了不遇的遗憾,继而感慨:虽然并没有宾主相见,已足以荡涤身心,领悟清净禅理。《世说新语》中载,王子猷于雪夜忽忆好友戴逵,连夜乘船前访,经宿方至,却到戴家门前即返回。有人询问,他回答说:"吾本乘兴而行,兴尽而返,何必见戴?"全诗的最后诗人也用此典,写自己虽不遇隐者而已尽兴而返,表现出随性、旷达的心态。

(秦　辉)

▶▶ **李白**(701—762) 字太白,号青莲居士。祖籍陇西成纪(今甘肃静宁西南),隋末其先人流寓碎叶(今吉尔吉斯斯坦北部托克马克附近),他即于此出生。幼时随父迁居绵州昌隆(今四川江油)青莲乡。二十五岁离蜀,长期在各地漫游。天宝初供奉翰林。受权贵谗毁,仅一年余即离开长安。安史之乱中,曾为永王李璘幕僚,因璘败牵累,流放夜郎。中途遇赦东还。晚年漂泊困苦,卒于当涂。诗风雄奇豪放,想象丰富,语言流转自然,音律和谐多变。善于从民歌、神话中吸取营养和素材,构成其特有的瑰玮绚烂的色彩,富有积极浪漫主义精神。有《李太白集》。

# 蜀 道 难

## 李 白

噫吁嚱,危乎高哉! 蜀道之难难于上青天!

蚕丛及鱼凫,开国何茫然!

尔来四万八千岁,不与秦塞通人烟。

西当太白有鸟道,可以横绝峨眉巅。

地崩山摧壮士死,然后天梯石栈相钩连。

上有六龙回日之高标,下有冲波逆折之回川。

黄鹤之飞尚不得过,猿猱欲度愁攀援。

青泥何盘盘,百步九折萦岩峦。

扪参历井仰胁息,以手抚膺坐长叹。

问君西游何时还? 畏途巉岩不可攀。

但见悲鸟号古木,雄飞雌从绕林间。

又闻子规啼夜月,愁空山。

蜀道之难难于上青天,使人听此凋朱颜!

连峰去天不盈尺,枯松倒挂倚绝壁。

飞湍瀑流争喧豗,砯崖转石万壑雷。

其险也如此,嗟尔远道之人,胡为乎来哉!

剑阁峥嵘而崔嵬,一夫当关,万夫莫开。

所守或匪亲,化为狼与豺,

朝避猛虎,夕避长蛇,磨牙吮血,杀人如麻。

锦城虽云乐,不如早还家。

蜀道之难,难于上青天,侧身西望长咨嗟!

赏析

　　李白以变化莫测的笔法,淋漓尽致地刻画了蜀道之难,艺术地展现了古老蜀道逶迤、峥嵘、高峻、崎岖的面貌,描绘出一幅色彩绚丽的山水画卷。诗中那些动人的景象宛如历历在目。

　　李白之所以描绘得如此动人,还在于融贯其间的浪漫主义激情。诗人寄情山水,放浪形骸。他对自然景物不是冷漠地观赏,而是热情地赞叹,借以抒发自己的理想和感受。那飞流惊湍、奇峰险壑,赋予了诗人的情感气质,因而才呈现出飞动的灵魂和瑰伟的姿态。诗人善于把想象、夸张和神话传说融为一体进行写景抒情。言山之高峻,则曰"上有六龙回日之高标";状道之险阻,则曰"地崩山摧壮士死,然后天梯石栈相钩连"……诗人"驰走风云,鞭挞海岳"(明陆时雍《诗镜总论》评李白七古语），从蚕丛开国说到五丁开山，由六龙回日写到子规夜啼，天马行空般地驰骋想象，创造出博大浩渺的艺术境界，充满了浪漫主义色彩。透过奇丽峭拔的山川景物，仿佛可以看到诗人那"落笔摇五岳，笑傲凌沧洲"的高大形象。

（闫昭典）

# 清 溪 行

李 白

清溪清我心，水色异诸水。

借问新安江，见底何如此？

人行明镜中，鸟度屏风里。

向晚猩猩啼，空悲远游子。

这首诗写于李白游池州（治今安徽贵池）时。池州的清溪风景秀丽，李白时常游历，留下诸多诗篇。这首诗重点描写清溪之清，开篇便直抒胸臆，赞叹清溪水与其他水不同，令人清心。随后又以新安江作为衬托。新安江本以水清著称，沈约曾有诗《新安江至清浅深见底贻京邑同好》。然而在李白看来，新安江也比不上清溪清澈见底。五、六二句正面描写清溪,水面清澈如镜,人的倒影映在水中,就像在镜中游;两岸青山层叠好似屏风,鸟儿于其间飞来飞去。诗人巧妙比喻,进一步描绘清溪美景。最后两句格调转而凄清。临近傍晚,猩猩啼叫,声音凄厉,正容易勾起人的悲伤。此时诗人已被"赐金放还",离开京城,或许这清澈至极的溪水更衬出世道的污浊不堪,诗人想到自己空怀济世之才,只能远游江湖,羁旅漂泊,顿感悲凉。

(白秋浦)

# 庐山谣寄卢侍御虚舟

### 李 白

我本楚狂人,凤歌笑孔丘。

手持绿玉杖,朝别黄鹤楼。

五岳寻仙不辞远,一生好入名山游。

庐山秀出南斗旁,屏风九叠云锦张,影落明湖青黛光。

金阙前开二峰长,银河倒挂三石梁。

香炉瀑布遥相望,回崖沓嶂凌苍苍。

翠影红霞映朝日,鸟飞不到吴天长。

登高壮观天地间,大江茫茫去不还。

黄云万里动风色,白波九道流雪山。

好为庐山谣，兴因庐山发。

闲窥石镜清我心，谢公行处苍苔没。

早服还丹无世情，琴心三叠道初成。

遥见仙人彩云里，手把芙蓉朝玉京。

先期汗漫九垓上，愿接卢敖游太清。

赏析

　　李白流放夜郎途中遇赦后，于上元元年（760）从江夏（今湖北武汉）往浔阳（今江西九江）游庐山时作了这首诗。卢虚舟，字幼真，范阳（今北京市大兴区）人，肃宗时任殿中侍御史，相传"操持有清廉之誉"（见清王琦注引李华《三贤论》），曾与李白同游庐山。

　　此诗思想内容比较复杂，既有对儒家孔子的嘲弄，也有对道家的崇信；一面希望摆脱世情，追求神仙生活，一面又留恋现实，热爱人间风物。诗的感情豪迈开朗，磅礴着一种震撼山岳的气概。想象丰富，境界开阔，给人以雄奇的美感享受。诗的韵律随诗情变化而显得跌宕多姿。开头一段抒怀述志，用尤侯韵，自由舒展，音调平稳徐缓。第二段描写庐山风景，转唐阳韵，音韵较前提高，昂扬而圆润。写长江壮景则又换删山韵，音响慷慨高亢。随后，调子陡然降低，变为入声月没韵，表达归隐求仙的闲情逸致，声音柔弱急促，和前面的高昂调子恰好构成鲜明的对比，极富抑扬顿挫之妙。最后一段表现美丽的神仙世界，转换庚清韵，音调又升高，悠长而舒畅，余音袅袅，令人神往。前人对这首诗的艺术性评价颇高："太白天仙之词，语多率然而成者，故乐府歌词咸善。……《庐山谣》等作，长篇短韵，驱驾气势，殆与南山秋

气并高可也。"(见明高棅《唐诗品汇》)

（何国治）

# 梦游天姥吟留别

## 李　白

海客谈瀛洲，烟涛微茫信难求。

越人语天姥，云霓明灭或可睹。

天姥连天向天横，势拔五岳掩赤城。

天台四万八千丈，对此欲倒东南倾。

我欲因之梦吴越，一夜飞度镜湖月。

湖月照我影，送我至剡溪。

谢公宿处今尚在，渌水荡漾清猿啼。

脚著谢公屐①，身登青云梯。

半壁见海日，空中闻天鸡。

千岩万转路不定，迷花倚石忽已暝。

熊咆龙吟殷岩泉，慄深林兮惊层巅。

云青青兮欲雨，水澹澹兮生烟。

列缺霹雳，丘峦崩摧。

洞天石扉,訇然中开。

青冥浩荡不见底,日月照耀金银台。

霓为衣兮风为马,云之君兮纷纷而来下。

虎鼓瑟兮鸾回车,仙之人兮列如麻。

忽魂悸以魄动,恍惊起而长嗟。

惟觉时之枕席,失向来之烟霞。

世间行乐亦如此,古来万事东流水。

别君去兮何时还,且放白鹿青崖间,须行即骑访名山。

安能摧眉折腰事权贵,使我不得开心颜!

---

① 谢公屐:指南朝宋谢灵运特制的登山木屐。据《南史·谢灵运传》:"寻山陟岭,必造幽峻,岩嶂数十重,莫不备尽登蹑。常着木屐,上山则去其前齿,下山则去其后齿。"

赏析

　　李白"一生好入名山游",天姥山位于浙江新昌,临近剡溪,正是李白"自爱名山入剡中"所述名山的代表,也无怪会魂牵梦萦,梦中神游。开篇先做侧面铺垫,借越人之口,初步勾画出天姥山的形象。它"云霞明灭",变幻多姿,又不像海外瀛洲那样难以寻求,更加吸引人前去游历。接着又以五岳、赤城山、天台山来衬托,极力表现天姥山"连天向天横"的气魄。前面做足了铺垫,读者也不禁心向往之,诗人的"因之梦吴越"也就水到渠成了。随着诗人的奇思妙想,一场神游渐渐展开。诗人在明月的映照下飞渡镜湖,来到谢灵运曾经住宿过的剡溪边上,换上谢灵运登山专用的木屐,开始攀登天姥山。山中的景象迷离莫测,路途百转千回,熊咆龙吟,山林震动,烟雨迷蒙,在诗人笔下描绘出一个惊心动魄的奇异世界。到此,诗人犹嫌不足,想象更为大胆,随着"列缺霹雳"惊天动地的巨响,一个更超越现实的神仙世界突然展开。天姥山本因传说登山的人听到过仙人天姥的歌唱而得名,诗人借此生发,描绘了"云之君"以虹霓为衣,御风为马,纷纷而来,"列如麻"的盛大场面,日月辉映,光彩绚烂。在这极为壮丽辉煌之时,诗笔倏忽急转,梦境幻灭,诗人惊醒,烟霞散尽,转入现实的慨叹。此诗又名《别东鲁诸公》,应是李白被"赐金放还",离开长安后居于东鲁时期所作,政治上的挫折失意也在诗中吐露。世间行乐如梦幻泡影,万事万物如水东流难以挽回,唯愿远离尘世,访名山寻仙,这既是诗人的出世之意,也是对现实中"摧眉折腰事权贵"的抗争。末句如陶渊明"不为五斗米折腰"式的宣言,掷地有声。此诗写景想象奇谲,恍恍迷离,极富浪漫色彩,为李白的代表诗作。

(江 哲)


# 渡 荆 门 送 别

李 白


渡远荆门外,来从楚国游。

山随平野尽,江入大荒流。

月下飞天镜,云生结海楼。

仍怜故乡水,万里送行舟。

这首诗是李白出蜀时所作。荆门,即荆门山,位于今湖北宜都西北,长江南岸,与北岸虎牙山隔江对峙,形势险要,自古即有楚蜀咽喉之称。

这首诗意境高远,风格雄健,形象奇伟,想象瑰丽。"山随平野尽,江入大荒流",写得逼真如画,有如一幅长江出峡渡荆门长轴山水图,成为脍炙人口的佳句。如果说优秀的山水画"咫尺应须论万里",那么,这首形象壮美瑰玮的五律也可以说能以小见大,以一当十,容量丰富,包涵长江中游数万里山势与水流的景色,具有高度集中的艺术概括力。

(何国治)

# 陪族叔刑部侍郎晔及中书
# 贾舍人至游洞庭五首(其二)

李 白

南湖秋水夜无烟,耐可乘流直上天?
且就洞庭赊月色,将船买酒白云边。

湖面清风,湖上明月,自然美景,人所共适,故李白曾说"清风朗月不用一钱买"(《襄阳歌》)。说"不用一钱买",是三句"赊"字最恰当的注脚,还不能尽此字之妙。此字之用似甚无理,"月色"岂能"赊"?又岂用"赊"?然而著此一字,就将自然人格化。八百里洞庭俨然一位富有的主人,拥有湖光、山景、月色、清风等等无价之宝(只言"赊月色",却不妨举一反三),而又十分慷慨好客,不吝借与。著一"赊"字,人与自然有了娓娓对话,十分亲切。这种别出心裁的拟人化手法,是高人一筹的。

面对风清月白的良宵不可无酒,自然引出末句。明明在湖上,却说"将船买酒白云边",亦无理而可玩味。原来洞庭湖面辽阔,水天相接,遥看湖畔酒家自在白云生处。说"买酒白云边",足见湖面之壮阔。同时又与"直上天"的异想呼应,人间酒家被诗人的想象移到天上。这即景之句又充满奇情异趣,丰富了全诗的情韵。

(周啸天)


# 登 太 白 峰

李 白


西上太白峰, 夕阳穷登攀。

太白①与我语,为我开天关②。

愿乘泠风去, 直出浮云间。

举手可近月, 前行若无山。

一别武功③去,何时复更还?

---

① 太白:这里指太白星。
② 天关:星名。《晋书·天文志》:"东方:角二星为天关,其间天门也,其内天庭也。故黄道经其中,七曜之所行也。"诗里指想象中的天界门户。
③ 武功:这里指武功山。太白山"南连武功山"(见《水经注·渭水》)。

赏析

太白峰即太白山,为秦岭的主峰。首句开门见山,写太白之高,诗人从西面登山,登攀至峰顶已是夕阳西下。"太白与我语,为我开天关",太白指太白星,诗人在峰顶仿佛能与天上的星星对话,更显得太白峰之高峻。这里太白星被拟人化,不但能与诗人对语,还殷勤为诗人打开通往天庭之门,亲切生动,饶有趣味。既然天关已开,接下来诗人便继续驰骋神思,仿佛自身已随着冷冷清风,直上云霄,伸手便可触及明月。这四句想象奇特,逸兴遄飞,无愧诗人"谪仙"之名。诗人虽幻想着飞身天外,远离尘世,但是回首望去太白山旁边的武功山,似又生留恋之意:"一别武功去,何时复更还?"体现了诗人的出世与入世之间的矛盾心理。诗人壮志难酬的不甘,怀才不遇的惆怅,在这首诗中以登太白峰为契机,凭借雄奇的想象、飘逸的笔墨微妙曲折地表达出来。

(秦　辉)

# 望庐山瀑布

### 李白

日照香炉生紫烟,遥看瀑布挂前川。
飞流直下三千尺,疑是银河落九天。

  "日照香炉生紫烟","香炉"一语双关,既是指庐山的香炉峰,又将之比喻为一座香炉,山间的云雾缭绕,在日光下幻化为紫色,犹如香炉熏出的紫烟,渲染出瑰丽的背景,为下句写瀑布铺垫。"遥看瀑布挂前川",从静态角度写瀑布,"挂"字精妙地描绘出瀑布如一幅巨大的珠帘般垂挂山间的形象。接下来写动态,"三千尺"为虚数,以夸张的手法表现瀑布从极高处飞流倾泻而下的雄壮气势,仿佛银河从九重高天降落在山间一般,想象大胆奇绝。全诗气魄宏大,雄奇瑰丽,为描写庐山瀑布的名篇。

(甘　星)

# 望 天 门 山

### 李白

天门中断楚江开,碧水东流至此回。

两岸青山相对出，孤帆一片日边来。

赏析

　　"两岸青山相对出，孤帆一片日边来。"这两句是一个不可分割的整体。上句写望中所见天门两山的雄姿，下句则点醒"望"的立脚点和表现诗人的淋漓兴会。诗人并不是站在岸上的某一个地方遥望天门山，他"望"的立脚点便是从"日边来"的"一片孤帆"。读这首诗的人大都赞赏"两岸青山相对出"的"出"字，因为它使本来静止不动的山带上了动态美，但却很少去考虑诗人何以有"相对出"的感受。如果是站在岸上某个固定的立脚点"望天门山"，那大概只会产生"两岸青山相对立"的静态感。反之，舟行江上，顺流而下，望着远处的天门两山扑进眼帘，显现出愈来愈清晰的身姿时，"两岸青山相对出"的感受就非常突出了。"出"字不但逼真地表现了在舟行过程中"望天门山"时天门山特有的姿态，而且寓含了舟中人的新鲜喜悦之感。夹江对峙的天门山，似乎正迎面向自己走来，表示它对江上来客的欢迎。

　　青山既然对远客如此有情，则远客自当更加兴会淋漓。"孤帆一片日边来"，正传神地描绘出孤帆乘风破浪，越来越靠近天门山的情景，和诗人欣睹名山胜景、目接神驰的情状。它似乎包含着这样的潜台词：雄伟险要的天门山呵，我这乘一片孤帆的远方来客，今天终于看见了你。

（刘学锴）

# 独 坐 敬 亭 山

李 白

众鸟高飞尽，孤云独去闲。

相看两不厌，只有敬亭山。

前二句"众鸟高飞尽，孤云独去闲"，看似写眼前之景，其实，把孤独之感写尽了：天上几只鸟儿高飞远去，直至无影无踪；寥廓的长空还有一片白云，却也不愿停留，慢慢地越飘越远，似乎世间万物都在厌弃诗人。"尽""闲"两个字，把读者引入一个"静"的境界：仿佛是在一群山鸟的喧闹声消除之后格外感到清静；在翻滚的厚云消失之后感到特别地清幽平静。因此，这两句是写"动"见"静"，以"动"衬"静"。这种"静"，正烘托出诗人心灵的孤独和寂寞。这种生动形象的写法，能给读者以联想，并且暗示了诗人在敬亭山游览观望之久，勾画出他"独坐"出神的形象，为下联"相看两不厌"作了铺垫。

诗的下半运用拟人手法写诗人对敬亭山的喜爱。鸟飞云去之后，静悄悄地只剩下诗人和敬亭山了。诗人凝视着秀丽的敬亭山，而敬亭山似乎也在一动不动地看着诗人。这使诗人很动情——世界上大概只有它还愿和我作伴吧？"相看两不厌"表达了诗人与敬亭山之间的深厚感情。"相""两"二字同义重复，把诗人与敬亭山紧紧地联在一起，表现出强烈的感情。结句中"只有"两字也是经过锤炼的，更突出

走进唐诗

山水

诗人对敬亭山的喜爱。"人生得一知己足矣",鸟飞云去又何足挂齿！这两句诗所创造的意境仍然是"静"的,表面看来,是写了诗人与敬亭山相对而视,脉脉含情。实际上,诗人愈是写山的"有情",愈是表现出人的"无情";而他那横遭冷遇,寂寞凄凉的处境,也就在这静谧的场面中透露出来了。

(宛敏灏 宛新彬)

# 访戴天山道士不遇

## 李 白

犬吠水声中,桃花带露浓。

树深时见鹿,溪午不闻钟。

野竹分青霭,飞泉挂碧峰。

无人知所去,愁倚两三松。

赏析

　　戴天山又名大匡山,在四川江油。《唐诗纪事》载李白年少时"隐居戴天大匡山……从学岁余",这首诗或许就是作于彼时。全诗八句,前面六句都是在写"访"的路途上所见风景。开头两句写犬吠、桃花,令人不由得想到《桃花源记》的桃花林和"鸡犬相闻",勾画出一幅世

53

外桃源般的景象。诗人向山中前行，能看见深林间不时有鹿出没，反映出深山中人迹罕至。行到溪边已是正午，却没有听见道院的钟声，暗示道士不在，为后面的寻访不遇巧妙地埋下伏笔。接下来写道院附近景物，野竹分开苍青的雾气，泉水从碧绿的山峰倾泻而下，一派清幽景象。最后两句方点明"不遇"，却不直接写出，而是通过"无人知所去"的回答来暗示，以诗人倚松惆怅作结，含蓄而有余味。作为李白早年的作品，这首诗虽不似他的一些名篇那样雄浑飘逸，却也"自然深秀"（《唐宋诗醇》），清新可喜。

（舒　锦）


# 忆　东　山　二　首（其一）

### 李　白


不向东山久，蔷薇几度花。

白云还自散，明月落谁家？

东山是东晋著名政治家谢安曾经隐居之处。据施宿《会稽志》载：东山位于浙江绍兴市上虞区西南，山旁有蔷薇洞，相传是谢安游宴的地方；山上有谢安所建的白云、明月二堂。了解这个，就会觉得诗里那蔷薇、那白云、那明月，都不是信笔写出，而是切合东山之景，语带双关。李白的诗就有这样的好处，即使在下笔时要受东山这样一个特定地点的限制，要写出东山的特点和风物，但成诗以后，仍显得极其自然和随意，毫无拘束之态。

这首诗应该看作是李白的"归去来兮辞"。他向往着东山，又觉得有负于东山。他无疑是要归去了，但他的归去却又不同于陶渊明。陶渊明是决心做隐士，是去而不返的。李白却没有这种"决心"。"东山"是和谢安这样一位政治家的名字结合在一起的。向往东山，既有隐的一面，又有打算待时而起的一面。"东山高卧时起来，欲济苍生未应晚。"（《梁园吟》）他的东山之隐，原来还保留着这样一种情愫。诗中李白隐以谢安这样一个人物自比，又用白云、明月来衬托自己的形象：那东山的白云和明月是何等淡泊，何等明洁；而李白的情怀，便和这一切融合在一起了。

（余恕诚）

▶▶ **王湾** 洛阳（今属河南）人。先天进士，官荥阳主簿、洛阳尉。曾往来吴、楚间。多有著述。开元中卒。

走进唐诗
山水

# 次 北 固 山 下

王 湾

客路青山外，行舟绿水前。
潮平两岸阔，风正一帆悬。
海日生残夜，江春入旧年。
乡书何处达，归雁洛阳边。

赏析

　　这首诗应作于诗人"往来吴、楚间"，乘舟出行，停泊于北固山下之时。首句以"青山""绿水"简练地表现北固山临长江而立的画面，"客路""行舟"暗藏了诗人的羁旅之思。颔联写行舟，因春潮涌动，长江水涨，仿佛与两岸的阔野齐平，气势恢宏，视野为之开阔。在这阔大的背景下，端正高挂的船帆显得格外突出，"风正"精确表现了江风的和顺，行舟的平稳。颈联为全诗名句，写景兼点明时序，残夜将尽未尽，红日已生于海上，旧年即将逝去，春意已在江上显露，特别是"生"与"入"二字，将昼夜与年岁的交替赋予动态，用得精妙。辞旧迎新的时刻，本就特别容易唤起人的思乡之情。故而最后两句，诗人借鸿雁传书，隐晦地传达了自己的淡淡乡愁，含蓄蕴藉。

（江 哲）

▶ **崔颢**（？—754） 汴州（今河南开封）人。开元进士,官司勋员外郎。早期诗多写闺情,流于浮艳。后历边塞,诗风变为雄浑奔放。

# 行 经 华 阴

### 崔 颢

岧峣①太华俯咸京②,　天外三峰③削不成。

武帝祠④前云欲散,　仙人掌⑤上雨初晴。

河山北枕秦关险,　驿路西连汉畤⑥平。

借问路旁名利客,　何如此处学长生?

---

① 岧峣(tiáo yáo)：山势高峻的样子。

② 咸京：指唐代首都长安。

③ 三峰：华山芙蓉、玉女、明星三峰(一说是莲花、玉女、松桧)。

④ 武帝祠：汉武帝时所建祭祀巨灵神的祠庙。

⑤ 仙人掌：仙人掌峰,传说华山由巨灵神手劈而成,故而留有仙掌之形。

⑥ 汉畤：汉代祭祀天地的固定处所,位于汉代长安以北。

**赏析**

　　华阴即华阴县(今陕西华阴市),位于华山之北,地处前往唐代帝京长安的要道上,行人往来,络绎不绝。此诗即诗人路过华阴所作。前六句写景。首句先总写华山的高峻,俯瞰长安,气势十足,接下来以芙蓉、玉女、明星三峰为代表,感叹其仿佛天外飞来,人力难以削成,非大自然的鬼斧神工不可。颔联拈出武帝祠、仙人掌峰两处华山名胜,在云散雨霁时分，呈现出一派自然清新的景象。"武帝"与"仙掌"在此联一同出现，又不由令人联想到汉武帝于建章宫造铜仙人，以仙掌承露之典故，为后文的"学长生"埋下伏笔。颈联从眼前的华山宕开笔墨，转而驰骋想象，在更为阔大的空间上，总览华阴周边的地势。华阴县北临黄河、东临潼关，为山河险要之地，向西有驿路通往长安，当年的汉畤故地平旷无际。这一联既以雄壮的山河形势进一步映衬华山的高峻，同时借感叹秦关汉畤的沧桑兴废，再次为结尾的"学长生"铺垫。或许是被壮美华岳的仙人遗踪所震撼，或许河山险阻令他想到仕途的坎坷艰辛，诗人不由向路上匆匆奔走、汲汲名利的行客发问："何如此处学长生？"诗人此番前往长安，也未尝不是为了名利，虽是借问路人，实乃自问，曲折隐晦地抒发了出世之意。

（秦　辉）

【宋】赵黻《江山万里图》（局部）

【元】曹知白《群山雪霁图》

【宋】刘松年《四景山水图》之一

余家所藏趙文敏畫有鵲
華色秋巻水村圖巻洞庭
兩山二軸皆藍綰枝風百
瀟溪秋水巨軸及設色
為山流水圓今皆為友
人易去僅存巨軸學巨
然九夏松風省今日倣
又敏筆并記
庚申八月糈前一日玄宰

【明】董其昌《秋興八景圖》之一

【宋】李唐《万壑松风图》

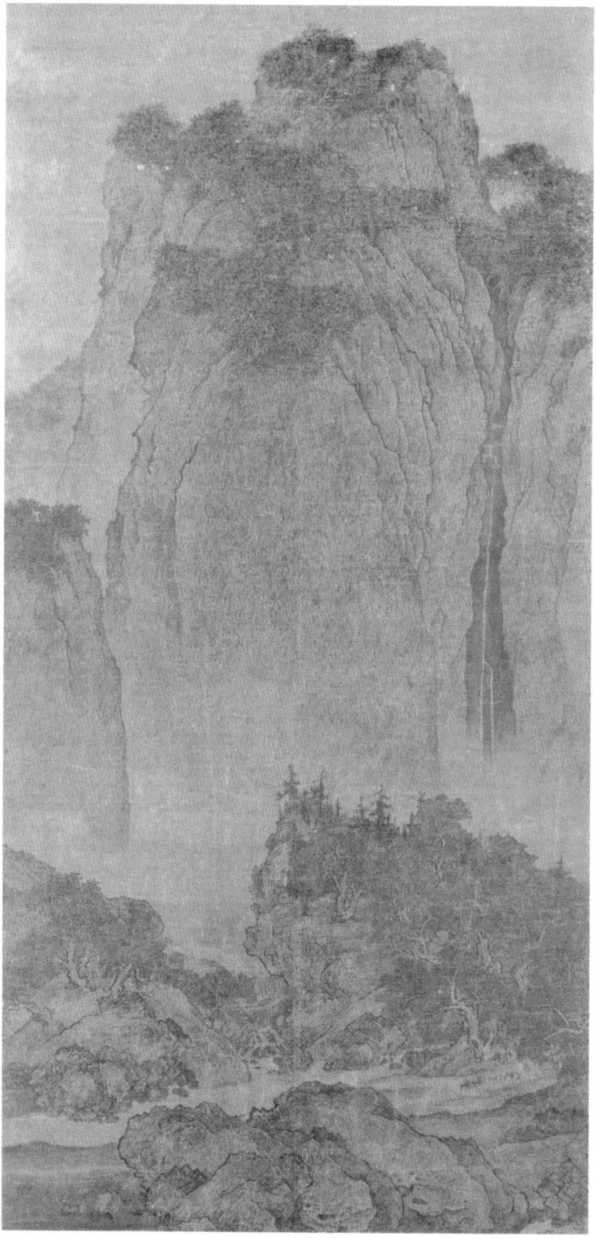

【宋】范宽《溪山行旅图》

【宋】赵伯驹《江山秋色图》

【清】董邦达《杜甫诗意图》

▶ **刘长卿**（？—约789） 字文房，宣城（今属安徽）人，一作河间（今属河北）人。天宝进士，曾任长洲县尉，因事下狱，两遭贬谪，量移睦州司马，官终随州刺史。诗多写政治失意之感，也有反映离乱之作，善于描绘自然景物，风格简淡。长于五言，称为"五言长城"。有《刘随州诗集》。

# 送灵澈上人

刘长卿

苍苍竹林寺，杳杳钟声晚。

荷笠带夕阳，青山独归远。

 赏析

　　灵澈上人是中唐时期一位著名诗僧，俗姓汤，字源澄，会稽（今浙江绍兴）人，出家的本寺就在会稽云门山云门寺。竹林寺在润州（今江苏镇江），是灵澈此次游方歇宿的寺院。这首小诗写诗人在傍晚送灵澈返竹林寺时的心情。它即景抒情，构思精致，语言精练，素朴秀美，所以为中唐山水诗的名篇。

　　前二句想望苍苍山林中的灵澈归宿处，远远传来寺院报时的钟响，点明时已黄昏，仿佛催促灵澈归山。后二句即写灵澈辞别归去情景。灵澈戴着斗笠，披带夕阳余晖，独自向青山走去，越走越远。"青山"即应首句"苍苍竹林寺"，点出寺在山林。"独归远"显出诗人伫立目送，依依不舍，结出别意。全诗表达了诗人对灵澈的深挚的情谊，也表现出灵澈归山时的清寂风度。送别往往黯然情伤，但这首送别诗却有一种闲淡的意境。

　　精美如画,是这首诗的明显特点。但这帧画不仅以画面上的山水、人物动人,而且以画外的诗人自我形象,令人回味不尽。那寺院传来的声声暮钟,触动诗人的思绪;这青山独归的灵澈背影,勾惹诗人的归意。耳闻而目送,心思而神往,正是隐藏在画外的诗人形象。他深情,但不为离别感伤,是由于同怀淡泊;他沉思,也不为僧儒殊途,是由于趋归意同。这就是说,这首送别诗的主旨在于寄托并表露出诗人不遇而闲适、失意而淡泊的情怀,因而构成一种闲淡的意境。

(倪其心)

▶▶ **杜甫**（712—770） 字子美，诗中尝自称少陵野老。原籍襄阳（今属湖北），迁居巩县（今河南巩义西南）。杜审言之孙。开元后期，举进士不第，漫游各地。后寓居长安近十年。及安禄山军陷长安，乃逃至凤翔，谒见肃宗，官左拾遗。长安收复后，随肃宗还京，寻出为华州司功参军。不久弃官居秦州同谷。又移家成都，筑草堂于浣花溪上，世称浣花草堂。一度在剑南节度使严武幕中任参谋，武表为检校工部员外郎，故世称杜工部。晚年携家出蜀，病死湘江途中。其诗显示了唐代由盛转衰的历史过程，被称为"诗史"。以古体、律诗见长，风格多样，而以沉郁为主。语言精练，具有高度的表达能力。有《杜工部集》。

# 望　岳

## 杜　甫

岱宗夫如何？齐鲁青未了。

造化钟神秀，阴阳割昏晓。

荡胸生层云，决眦①入归鸟。

会当凌绝顶，一览众山小。

---

① 眦：眼眶。

这首诗作于杜甫青年时漫游齐、赵期间。首句开门见山，自问自答。五岳之首的泰山到底是怎样的呢？答句并没有具体描绘泰山多高多大，而是用"齐鲁青未了"，巧妙表现泰山的壮阔：从泰山之南的鲁地到泰山之北的齐地，处处都绵延着青翠的山色。接下来概写望中所见，泰山被自然造化钟爱，故而有着如此神奇秀丽的风光。由于泰山极高，山南山北日光照射不同，仿佛分割出晨昏两部分，"割"用得奇险，赋予自然以人格化，极具气魄。颈联写细望。山中层出的云气令人心胸激荡，诗人极力张开眼睛眺望，连归山的飞鸟也在视野中清晰可见。"决眦"二字将诗人被泰山美景深深吸引不愿离开视线的情态刻画得淋漓尽致，虽不见"望"字，久久凝望之态尽出。最后两句诗人由望岳生发出登岳之意，"会当"意为"一定要"，比"应当"更为坚决，更富豪情，尤为展现出青年诗人不畏艰难，欲登临绝顶，"一览众山小"的蓬勃朝气。

（陆东海）

# 登　高

杜　甫

风急天高猿啸哀，渚清沙白鸟飞回。

无边落木萧萧下，不尽长江滚滚来。

万里悲秋常作客，百年多病独登台。

艰难苦恨繁霜鬓，潦倒新停浊酒杯。

此诗是杜甫大历二年（767）秋在夔州（治今重庆奉节）时所写。

夔州在长江之滨。全诗通过登高所见秋江景色,倾诉了诗人长年漂泊、老病孤愁的复杂感情,慷慨激越,动人心弦。

诗前半写景,后半抒情,在写法上各有错综之妙。首联着重刻画眼前具体景物,好比画家的工笔,形、声、色、态,一一得到表现。颔联着重渲染整个秋天气氛,好比画家的写意,只宜传神会意,让读者用想象补充。颈联表现感情,从纵(时间)、横(空间)两方面着笔,由异乡漂泊写到多病残生。尾联又从白发日多,护病断饮,归结到时世艰难是潦倒不堪的根源。这样,杜甫忧国伤时的情操,便跃然纸上。

此诗八句皆对。粗略一看,首尾好像"未尝有对",胸腹好像"无意于对"。仔细玩味,"一篇之中,句句皆律,一句之中,字字皆律"。不只"全篇可法",而且"用句用字","皆古今人必不敢道,决不能道者"。它能博得"旷代之作"(均见《诗薮》)的盛誉,就是理所当然的了。

(陶道恕)


# 登 岳 阳 楼

### 杜 甫


昔闻洞庭水,今上岳阳楼。

吴楚东南坼,乾坤日夜浮。

亲朋无一字,老病有孤舟。

戎马关山北，凭轩涕泗流。

这首诗的意境是十分宽阔宏伟的。

诗的颔联"吴楚东南坼，乾坤日夜浮"，是说广阔无边的洞庭湖水，划分开吴国和楚国的疆界，日月星辰都像是整个地飘浮在湖水之中一般。只用了十个字，就把洞庭湖水势浩瀚、无边无际的巨大形象特别逼真地描画出来了。

杜甫到了晚年，已经是"漂泊西南天地间"，没有一个安居之所，只好"以舟为家"了。所以下边接着写："亲朋无一字，老病有孤舟。"亲戚朋友们这时连音信都没有了，只有年老多病的诗人泛着一叶扁舟到处漂流！从这里就可以领会到开头的两句"昔闻洞庭水，今上岳阳楼"，本来含有一个什么样的意境了。

这两句诗，从表面上看来，意境像是很简单：诗人说他在若干年前就听得人家说洞庭湖的名胜，今天居然能够登上岳阳楼，亲眼看到这一片山色湖光的美景。这里并不是写登临的喜悦，而是在这平平的叙述中，寄寓着漂泊天涯，怀才不遇，桑田沧海，壮气蒿莱……许许多多的感触，才写出这么两句：过去只是耳朵里听到有这么一片洞庭水，哪想到迟暮之年真个就上了这岳阳楼？本来是沉郁之感，不该是喜悦之情；若是喜悦之情，就和结句的"凭轩涕泗流"连不到一起了。我们知道，杜甫在当时的政治生活是坎坷的，不得意的，然而他从来没有放弃"致君尧舜上，再使风俗淳"（《奉赠韦左丞丈二十韵》）的抱负。哪里想到一事无成，昔日的抱负，今朝都成了泡影！诗里的"今""昔"两个字有深深的含意。因此在这一首诗的结句才写出："戎马关山北，凭轩涕泗流。"眼望着万里关山,天下到处还动荡在兵荒马乱里,诗人倚定了阑干,北望长安,不禁涕泗滂沱,声泪俱下了。

(傅庚生)

▶▶ **裴迪** 关中(今陕西渭河流域一带)人。天宝后官蜀州刺史及尚书省郎。早年与王维友善,同居终南山,相互唱和。现存诗多为五绝,常描写幽寂的景色,与王维山水诗相近。

# 华 子 岗

## 裴 迪

日落松风起,还家草露晞。

云光侵履迹,山翠拂人衣。

赏析

　　这首诗,诗人以"还家"为线索,通过自己的所见所闻所感,把落日、松风、草露、云光、山翠这些分散的景物,有机地连缀成一幅有声有色、动静相宜的艺术画面,着墨不多,而极富神韵。诗的前两句写落日、松风和草露,连用两个动词,一"起"一"落",把夕阳西下、晚风初起的薄暮景色,勾画得十分鲜明,使读者仿佛看到夕阳倚着远山慢慢西沉的景象,听见晚风掠过松林的飒飒声,初步领略这大自然的美好风光。"还家"与"日落"相应,不仅点出了诗人已游览多时,而且也画出了作者游兴未尽、漫步下岗的悠然自得的形象。以下,随着作者"还家"的足迹,进一步展示了华子岗的优美景色。深山高岗之上,本是云遮雾绕,水汽蒙蒙,春夏季节尤其如此。但现在是天高气爽的秋日,又加上松风吹拂,落日照射,水汽蒸发很快,那青草上的露水早已挥发殆尽了,故说"草露晞"。诗人脚踩在这些干了的山草之上,感到特别轻柔细软,是别有一番滋味的。

　　后两句写云光、山翠。"云光",指落日的余晖。"侵",有逐渐浸染之义。"云光侵履迹",不仅写出了诗人在夕阳落照下一步步下行的生动情景,也写出了夕阳余晖逐渐消散的过程,引导读者去想象那苍翠的松林在余晖点染下富于变化的奇景。可谓"一字落下,境界全出"。如果换成"映""照"等字,那就缺乏韵味了。"山翠",指苍翠欲滴的山色。用一"拂"字,增强了动感,使人想见那山色是如何地青翠可爱,柔和多姿。这"侵"和"拂"都可说是"活字",使句子活了,全诗活了,云光山色也都获得了生命。它们追逐着诗人的足迹,轻拂着诗人的衣衫,表现了对诗人眷恋不舍的深情。而这,正折射出作者对华子岗的喜爱与留恋,使诗人对华子岗的美好感情得到了进一步的表现。

(徐定祥)

➤ 　**贾至**(718—772)　字幼邻,一作幼几,洛阳(今属河南)人。初为单父尉。肃宗时为中书舍人,出为汝州刺史,因事贬岳州司马。后官至右散骑常侍。

走进唐诗
山水

# 初至巴陵与李十二白裴九
# 同泛洞庭湖三首(其二)

## 贾　至

枫岸纷纷落叶多,洞庭秋水晚来波。

乘兴轻舟无近远,白云明月吊湘娥。

　　起首两句,以悠扬的音韵,明丽的色彩,描绘了一幅洞庭晚秋的清幽气象:秋风萧萧,红叶纷飞,波浪滔滔,横无际涯,景色幽深迷人。三位友人泛舟湖上,兴致勃勃,"八百里洞庭"正好纵情游览,让一叶扁舟随水漂流,不论远近,任意东西。这是多么自由惬意,无拘无束啊!"乘兴轻舟无近远"句,形象地表达了诗人们放任自然,超逸洒脱的性格。他们乘兴遨游,仰望白云明月,天宇清朗,不禁遐想联翩。浩渺的洞庭湖和碧透的湘江,自古以来就流传着一个凄恻动人的传说:帝舜南巡不返,葬于苍梧,娥皇、女英二妃闻讯赶去,路断洞庭君山,恸哭流涕,投身湘水而死。至今君山仍有二妃墓。二妃对舜无限忠贞之情引起贾至的同情与凭吊,自己忠而遭贬,君门路断,和湘娥的悲剧命运不也有某些相似之处吗?于是诗人把湘娥引为同调。"白云明月吊湘娥",在天空湖面一片清明的天地,诗人遥望皎洁的白云,晶莹的明月,怀着幽幽情思凭吊湘娥。氛围静谧幽雅,弥漫着一层淡淡的感伤情绪。"白云明月",多么纯洁光明的形象!它象征诗人冰清玉洁的情操和淡泊坦荡的胸怀。整首诗的精华就凝聚在这末一句上,含蓄蕴藉,言有尽而意无穷。

（何国治）

➤ **郎士元** 字君胄,中山(今河北定州)人。天宝进士,官至郢州刺史。诗多酬赠送别之作,诗风清丽闲雅,以五律见长。有《郎士元诗集》一卷。

走进唐诗

山水

# 柏 林 寺 南 望

郎士元

溪上遥闻精舍钟,泊舟微径度深松。

青山霁后云犹在,画出西南四五峰。

　　诗题为《柏林寺南望》,前两句却先写登山访寺的过程。诗人原本泛舟溪上,远远听到寺院精舍的钟声,便泊舟登岸寻访,可见诗人颇有逸兴。钟声遥远而可闻,侧面衬托出周围的静谧。诗人沿着山间微径,穿过茂密幽深的松林,终于到达柏林寺。"深松"既表现了寺院所处山林的清幽环境,又为下文登临后南望的豁然开朗做铺垫。登山南望,视野忽然开阔,雨后初晴,更显得山色青翠如洗,云气缭绕于错落的山峰之间,缥缈朦胧,仿佛一幅水墨山水画。青山原本即存在,这里诗人却用"画出",化静为动,更突出自然造化的神妙,也表现了诗人经过一路的穿林登攀,终于得见绝美风光的惊喜和赞叹。

（于　湘）

▶▶ **韩翃** 字君平,南阳(今属河南)人。天宝进士,官至中书舍人。"大历十才子"之一。诗多酬赠之作。有《韩君平诗集》。

# 宿 石 邑 山 中

### 韩 翃

浮云不共此山齐,山霭苍苍望转迷。

晓月暂飞高树里,秋河隔在数峰西。

## 赏析

　　这首七绝写得很圆熟。诗人采用剪影式的写法,截取暮宿和晓行时自己感受最深的几个片段,来表现石邑山中之景,而隐含的"宿"字给互不联系的景物起了纽带作用:因为至山中投宿,才目睹巍峨的山,迷漫的云;由于晓行,才有登程所见的晓月秋河。"宿"字使前后安排有轨辙可寻,脉断峰连,浑然一体。这种写法,避免了平铺直叙的呆板,显得既有波澜又生神韵。表面看,这首诗似乎单纯写景,实际上景中寓情。一、二句初入山之景,流露作者对石邑山雄伟高峻的惊愕与赞叹;三、四句晓行幽静清冷的画面,展现了"鸡声茅店月,人迹板桥霜"(温庭筠《商山早行》)式的意境,表达了诗人羁旅辛苦,孤独凄清的况味。

（沈 晖）

▶ **于良史** 约天宝末年入仕。大历中官监察御史,后为徐、泗、濠节度使张建封从事。能诗,诗风清雅,工于形似。诗入《中兴间气集》。

走
进
唐
诗

*山*

*水*

# 春 山 夜 月

## 于良史

春山多胜事,赏玩夜忘归。

掬水月在手,弄花香满衣。

兴来无远近,欲去惜芳菲。

南望鸣钟处,楼台深翠微。

　　诗的开篇即开门见山,写春山中有诸多美好事物,令诗人沉迷于赏玩,甚至入夜也忘记了归去。读到这里,读者不禁也好奇起来,究竟是怎样的"胜事"能有如此的吸引力呢?诗人接下来就用本诗的名句给予了回答:"掬水月在手,弄花香满衣。"月色本无形,但双手捧起水时就连同水中的月影也盛在手中,把玩春花的枝叶,似乎香气已浸透了衣衫。面对夜月春花这种种胜事,诗人不仅是观赏,更与之亲近,物我浑融,既描绘了水的清澈、月的皎洁、花的芳香,又体现了诗人"掬水""弄花"的逸趣与雅兴。

　　接下来继续表现"忘归"。诗人既是乘兴而来,便不计较路途的远近,想要离开的时候,仍旧留恋着山中的花草。正踟蹰间,忽然听到远远的鸣钟声,随之望去,只见寺院的楼台掩映在青翠幽深的山色之中。诗以这一幅月下的远景作结,更以钟声衬月夜之寂静,情韵悠长。

全诗以颔联两句最为精妙,而这两句又与全诗营造的整体氛围浑融一体,自然天成,不显雕琢之迹。

（于　湘）

▶▶ **韦应物** （约737—791）京兆万年（今陕西西安）人。少年时以三卫郎事玄宗。后为滁州、江州、苏州刺史。故称韦江州或韦苏州。其诗以写田园风物著名，语言简淡。有《韦苏州集》。

走进唐诗 山水

# 自巩洛舟行入黄河即事寄府县僚友

### 韦应物

夹水苍山路向东，东南山豁大河通。

寒树依微远天外，夕阳明灭乱流中。

孤村几岁临伊岸，一雁初晴下朔风。

为报洛桥游宦侣，扁舟不系与心同。

赏析

　　唐德宗建中四年（783），韦应物从尚书比部员外郎出为滁州（治今安徽滁州市）刺史。他在夏末离开长安赴任，经洛阳，舟行洛水到巩县入黄河东下。这诗便是由洛水入黄河之际的即景抒怀之作，寄给他从前任洛阳县丞时的僚友。

　　这诗写景物有情思，有寄托，重在兴会标举，传神写意。洛水途中，诗人仿佛在赏景，实则心不在焉，沉于思虑。黄河的开阔景象，似乎惊觉了诗人，使他豁然开通，眺望起来。然而他看到的景象，却使他更为无奈而忧伤。遥望前景，萧瑟渺茫：昔日伊水孤村，显示出人民经历过多么深重的灾难；朔风一雁，恰似诗人只身东下赴任，知时而奋飞，济世为无望。于是他想起了朋友们的鼓励和期望，感到悲慨而疚愧,觉得自己终究是个无所求的无能者,济世之情,奋斗之志,都难以实现。这就是本诗的景中情,画外意。

(倪其心)

# 幽　居

## 韦应物

贵贱虽异等,出门皆有营。

独无外物牵,遂此幽居情。

微雨夜来过,不知春草生。

青山忽已曙,鸟雀绕舍鸣。

时与道人偶,或随樵者行。

自当安蹇劣,谁谓薄世荣。

韦应物的山水诗"高雅闲淡,自成一家之体"(白居易《与元九书》),形式多用五古。《幽居》就是比较有名的一首。

诗人从十五岁到五十四岁,在官场上度过了四十年左右的时光,其中只有两次短暂的闲居。《幽居》这首诗大约就写于他辞官闲居的时候。全篇描写了一个悠闲宁静的境界,反映了诗人幽居独处、知足保和的心情。在思想内容上虽没有多少积极意义,但其中有佳句为世人称道,因而历来受到人们的重视。

"微雨夜来过,不知春草生。青山忽已曙,鸟雀绕舍鸣。"这四句全用白描手法。"微雨"两句,是人们赞赏的佳句。这里说"微雨",是对早春细雨的准确描绘;"夜来过",着一"过"字,便写出了诗人的感受。显然他并没有看到这夜来的春雨,只是从感觉上得来,因而与下句的"不知"关合,写的是感觉和联想。这两句看来描写的是景而实际是写情,写诗人对夜来细微春雨的喜爱和对春草在微雨滋润下成长的欣慰。这里有一派生机盎然的春天气息,也有诗人热爱大自然的愉快情趣。比之南朝宋谢灵运的"池塘生春草,园柳变鸣禽"(《登池上楼》),要更含蓄、蕴藉,更丰富新鲜,饶有生意。"青山忽已曙,鸟雀绕舍鸣",是上文情景的延伸与烘托。这里不独景色秾鲜,也有诗人幽居的宁静和心情的喜悦。真是有声有色,清新酣畅。

这四句是诗人对自己幽居生活的一个片断的描绘,他只截取了早春清晨一个短暂时刻的山中景物和自己的感受,然后加以轻轻点染,便在读者面前呈现出一幅生动的图画,同时诗人幽居的喜悦、知足保和的情趣也在这画面中透露出来。

(张秉戍)

# 滁 州 西 涧

韦应物

独怜幽草涧边生,上有黄鹂深树鸣。

春潮带雨晚来急,野渡无人舟自横。

## 赏析

这是一首山水诗的名篇,也是韦应物的代表作之一。诗写于唐德宗建中二年(781)诗人出任滁州刺史期间。唐滁州治所即今安徽滁州市,西涧在滁州城西郊野。这诗写春游西涧赏景和晚雨野渡所见。诗人以情写景,借景述意,写自己喜爱与不喜爱的景物,说自己合意与不合意的情事,而其胸襟恬淡,情怀忧伤,便自然流露出来。

诗的前二句,在春天繁荣景物中,诗人独爱自甘寂寞的涧边幽草,而无意于深树上鸣声诱人的黄莺儿,置之陪衬,以相比照。幽草安贫守节,黄鹂居高媚时,其喻仕宦世态,寓意显然,清楚表露出诗人恬淡的胸襟。后二句,晚潮加上春雨,水势更急。而郊野渡口,本来行人无多,此刻更其无人。因此,连船夫也不在了,只见空空的渡船自在浮泊,悠然漠然。水急舟横,由于渡口在郊野,无人问津。倘使在要津,则傍晚雨中潮涨,正是渡船大用之时,不能悠然空泊了。因此,在这水急舟横的悠闲景象里,蕴含着一种不在其位、不得其用的无奈而忧伤的情怀。在前、后二句中,诗人都用了对比手法,并用"独怜""急""横"这样醒目的字眼加以强调,应当说是有引人思索的用意的。

(倪其心)

▶▶ **孟郊**（751—814） 字东野，湖州武康（今浙江德清）人。少年时隐居嵩山。近五十岁才中进士，任溧阳县尉。与韩愈交谊颇深。其诗感伤自己的遭遇，多寒苦之音。用字造句力避平庸浅率，追求瘦硬。与贾岛齐名，有"郊寒岛瘦"之称。有《孟东野诗集》。

# 游 终 南 山

## 孟 郊

南山塞天地，日月石上生。

高峰夜留景，深谷昼未明。

山中人自正，路险心亦平。

长风驱松柏，声拂万壑清。

即此悔读书，朝朝近浮名。

赏析

　　本诗写诗人游历终南山的所见所感。开篇即"盘空出险语"（沈德潜《唐诗别裁》）："南山塞天地，日月石上生。"终南山怎么可能塞满整个天地呢？日月亦不是在山石上生出来的。但在诗人游于深山之中的视角看来则确有此感。身处山中，放眼望去，所见山与天连，群壑环抱，仿佛充塞天地，日出与月出时，都是先从山后露出，随后渐渐上升，也似乎是从石上生出一般。这两句既大胆又贴切，紧扣题目中的"游"字，极力表现终南山之高大雄伟。接下来继续写终南山中所见。入夜时高峰上还残留着日光的余晖，白昼时深谷依旧晦暗不明，以山中各地明暗不一的方式来表现终南山之高峻广阔。诗人感叹于终南山中正而立，不偏不倚，由山及人，表达自己的心也如山一般正派，哪怕山路险峻，也平和无惧。山中的松柏密布，长风吹过，松涛阵阵，声响在群山万壑间回荡。"驱"字比"吹"字更富力量，将松柏枝叶因风倾斜摆动的动态传神地描绘出来。或许这清朗的松风，让"人自正""心亦平"的诗人更想远离山外的红尘浊世，不由得发出了末句的感慨，为"学而优则仕"，汲汲追求浮云般的功名而后悔。全诗写景与抒情间杂，情景交融，寓意深远。

（秦　辉）

▶▶ **常建** 开元进士，与王昌龄同榜。曾任盱眙尉。仕途失意，后隐居于鄂州武昌（今属湖北）。天宝间卒。其诗多为五言，常以山林、寺观为题材。也有部分边塞诗。有《常建集》。

走进唐诗

山水

# 宿王昌龄隐居

### 常 建

清溪深不测，隐处唯孤云。

松际露微月，清光犹为君。

茅亭宿花影，药院滋苔纹。

余亦谢时去，西山鸾鹤群。

这是一首山水隐逸诗，在盛唐已传为名篇；到清代，更受"神韵派"的推崇，同《题破山寺后禅院》并为常建代表作品。

常建和王昌龄是开元十五年（727）同科进士及第的宦友和好友，但在出仕后的经历和归宿却不大相同。常建"沦于一尉"，只做过盱眙县尉，此后便辞官归隐于武昌樊山，即西山。王昌龄虽然仕途坎坷，却并未退隐。题曰"宿王昌龄隐居"，一是指王昌龄出仕前隐居之处，二是说当时王昌龄不在此地。

王昌龄及第时大约已有三十七岁。此前，他曾隐居石门山。山在今安徽含山县境内，即本诗所说"清溪"所在。常建任职的盱眙，即今江苏盱眙，与石门山分处淮河南北。常建辞官西返武昌樊山，大概渡淮绕道不远,就近到石门山一游,并在王昌龄隐居处住了一夜。

　　这首诗的艺术特点确同《题破山寺后禅院》,"其旨远,其兴僻,佳句辄来,唯论意表"(唐殷璠《河岳英灵集》)。诗人善于在平易地写景中蕴含着深长的比兴寄喻,形象明朗,诗旨含蓄,而意向显豁,发人联想。就此诗而论,诗人巧妙地抓住王昌龄从前隐居的旧地,深情地赞叹隐者王昌龄的清高品格和隐逸生活的高尚情趣,诚挚地表示讽劝和期望仕者王昌龄归来的意向。因而在构思和表现上,"唯论意表"的特点更为突出,终篇都赞此劝彼,意在言外,而一片深情又都借景物表达,使王昌龄隐居处的无情景物都充满对王昌龄的深情,愿王昌龄归来。但手法又只是平实描叙,不拟人化。所以,其动人在写情,其悦人在传神,艺术风格确实近王、孟一派。

（倪其心）

# 题破山寺后禅院

### 常　建

清晨入古寺,初日照高林。

竹径通幽处,禅房花木深。

山光悦鸟性,潭影空人心。

万籁此俱寂,但余钟磬音。

走进唐诗

山水

破山在今江苏常熟，寺指兴福寺，是南齐时郴州刺史倪德光施舍宅园改建的，到唐代已属古寺。诗中抒写清晨游寺后禅院的观感，笔调古朴，描写省净，兴象深微，意境浑融，艺术上相当完整，是盛唐山水诗中独具一格的名篇。

这首诗题咏的是佛寺禅院，抒发的是寄情山水的隐逸胸怀。诗人在清晨登破山，入兴福寺，旭日初升，光照山上树林。佛家称僧徒聚集的处所为"丛林"，所以"高林"兼有称颂禅院之意，在光照山林的景象中显露着礼赞佛宇之情。然后，诗人穿过寺中竹丛小路，走到幽深的后院，发现唱经礼佛的禅房就在后院花丛树林深处。这样幽静美妙的环境，使诗人惊叹，陶醉，忘情地欣赏起来。他举目望见寺后的青山焕发着日照的光彩，看见鸟儿自由自在地飞鸣欢唱；走到清清的水潭旁，只见天地和自己的身影在水中湛然空明，心中的尘世杂念顿时涤除。佛门即空门。佛家说，出家人禅定之后，"虽复饮食，而以禅悦为味"（《维摩经·方便品》），精神上极为纯净怡悦。此刻此景此情，诗人仿佛领悟到了空门禅悦的奥妙，摆脱尘世一切烦恼，像鸟儿那样自由自在，无忧无虑。似是大自然和人世间的所有其他声响都寂灭了，只有钟磬之音，这悠扬而洪亮的佛音引导人们进入纯净怡悦的境界。显然，诗人欣赏这禅院幽美绝世的居处，领略这空门忘情尘俗的意境，寄托自己遁世无闷的情怀。

（倪其心）

▶▶ **韩愈**(768—824) 字退之,河南河阳(今河南孟州南)人。自谓郡望昌黎,世称韩昌黎。贞元进士。曾任国子博士、刑部侍郎等职,因谏阻宪宗迎佛骨,贬为潮州刺史。后官至吏部侍郎。卒谥文。倡导古文运动,其散文被列为"唐宋八大家"之首,与柳宗元并称"韩柳"。其诗力求新奇,有时流于险怪,对宋诗影响颇大。有《昌黎先生集》。

# 山　石

## 韩　愈

山石荦确①行径微，黄昏到寺蝙蝠飞。

升堂坐阶新雨足，芭蕉叶大栀子肥。

僧言古壁佛画好，以火来照所见稀。

铺床拂席置羹饭，疏粝亦足饱我饥。

夜深静卧百虫绝，清月出岭光入扉。

天明独去无道路，出入高下穷烟霏。

山红涧碧纷烂漫，时见松枥皆十围。

当流赤足踏涧石，水声激激风吹衣。

人生如此自可乐，岂必局束为人靰②？

嗟哉吾党二三子，安得至老不更归！

---

① 荦(luò)确：山石不平的样子。
② 靰(jī)：马缰绳。比喻受人牵制、束缚。

这首诗为传统的记游诗开拓了新领域,它汲取了山水游记的特点,按照行程的顺序逐层叙写游踪。然而却不像记流水账那样呆板乏味,其表现手法是巧妙的。此诗虽说是逐层叙写,仍经过严格的选择和经心的提炼。如从"黄昏到寺"到就寝之前,实际上的所经所见所闻所感当然很多,但摄入镜头的,却只有"蝙蝠飞"、"芭蕉叶大栀子肥"、寺僧陪看壁画和"铺床拂席置羹饭"等殷勤款待的情景,因为这体现了山中的自然美和人情美,跟"为人轭"的幕僚生活相对照,使诗人萌发了归耕或归隐的念头,是结尾"主题歌"所以形成的重要根据。关于夜宿和早行,所摄者也只是最能体现山野的自然美和自由生活的那些镜头,同样是结尾的主题歌所以形成的重要根据。

　　再说,按行程顺序叙写,也就是按时间顺序叙写,时间不同,天气的阴晴和光线的强弱也不同。这篇诗的突出特点,就在于诗人善于捕捉不同景物在特定时间、特定天气里所呈现的不同光感、不同湿度和不同色调。如用"新雨足"表明大地的一切刚经过雨水的滋润和洗涤;这才写主人公于苍茫暮色中赞赏"芭蕉叶大栀子肥",而那芭蕉叶和栀子花也就带着它们在雨后日暮之时所特有的光感、湿度和色调,呈现于我们眼前。写月而冠以"清"字,表明那是"新雨"之后的月儿。写朝景,新奇而多变。因为他不是写一般的朝景,而是写山中雨后的朝景。他先以"天明独去无道路"一句,总括了山中雨霁,地面潮湿,黎明之时,浓雾弥漫的特点,然后用"出入高下穷烟霏"一句,画出了雾中早行图。"烟霏"既"穷",阳光普照,就看见涧水经雨而更深更碧,山花经雨而更红更亮。于是用"山红涧碧"加以概括。山红而涧碧,红碧相辉映,色彩已很明丽。但由于诗人敏锐地把握了雨后天晴,秋阳照耀下的山花、涧水所特有的光感、湿度和色调，因而感到光用"红""碧"还很不够，又用"纷烂漫"加以渲染，才把那"山红涧碧"的美景表现得鲜艳夺目。

（霍松林）

▶▶ **刘禹锡**（772—842） 字梦得，洛阳（今属河南）人，自言系出中山（治今河北定州）。贞元进士，登博学宏辞科。授监察御史，因参加王叔文集团，贬朗州司马，迁连州刺史。后以裴度力荐，任太子宾客，加检校礼部尚书。世称刘客。与柳宗元友善，并称"刘柳"。又与白居易唱和，并称"刘白"。其诗通俗清新，善用比兴手法寄托政治内容。有《刘梦得文集》。

走进唐诗 山水

# 望 洞 庭

### 刘禹锡

湖光秋月两相和，潭面无风镜未磨。

遥望洞庭山水色，白银盘里一青螺。

**赏析**

　　秋夜皎皎明月下的洞庭湖水是澄澈空明的。与素月的清光交相辉映，俨如琼田玉鉴，是一派空灵、缥缈、宁静、和谐的境界。这就是"湖光秋月两相和"一句所包蕴的诗意。"和"字下得工炼，表现出了水天一色、玉宇无尘的融合的画境。而且，似乎还把一种水国之夜的节奏——演漾的月光与湖水吞吐的韵律，传达给读者了。接下来描绘湖上无风，迷迷蒙蒙的湖面宛如未经磨拭的铜镜。"镜未磨"三字十分形象贴切地表现了千里洞庭风平浪静的安宁温柔的景象，在月光下别具一种朦胧美。"潭面无风镜未磨"以生动形象的比喻补足了"湖光秋月两相和"的诗意。因为只有"潭面无风"，波澜不惊，湖光和秋月才能两相协调。否则，湖面狂风怒号，浊浪排空，湖光和秋月便无法辉映成趣，也就无"两相和"可言了。

诗人的视线又从广阔的平湖集中到君山一点。在皓月银辉之下，洞庭山愈显青翠，洞庭水愈显清澈，山水浑然一体，望去如同一只雕镂剔透的银盘里，放了一颗小巧玲珑的青螺，十分惹人喜爱。三、四两句诗想象丰富，比喻恰当，色调淡雅，银盘与青螺互相映衬，相得益彰。诗人笔下的秋月之中的洞庭山水变成了一件精美绝伦的工艺美术珍品，给人以莫大的艺术享受。"白银盘里一青螺"，真是匪夷所思的妙句。然而，它的擅胜之处，不止表现在设譬的精警上，尤其可贵的是它所表现的壮阔不凡的气度和它所寄托的高卓清奇的情致。在诗人眼里，千里洞庭不过是妆楼奁镜、案上杯盘而已。举重若轻，自然凑泊，毫无矜气作色之态，这是十分难得的。把人与自然的关系表现得这样亲切，把湖山的景物描写得这样高旷清超，这正是作者性格、情操和美学趣味的反映。没有荡思八极、纳须弥于芥子的气魄，没有振衣千仞、涅而不缁的襟抱，是难以措笔的。一首山水小诗，见出诗人富有浪漫色彩的奇思壮采，这是很难得的。

（周笃文　高志忠）

▶ **白居易**（772—846） 字乐天，晚号香山居士、醉吟先生。祖籍太原（今山西太原南），后迁居下邽（今陕西渭南北）。贞元进士，授秘书省校书郎。元和年间任左拾遗及左赞善大夫。后因上表请求严缉刺死宰相武元衡的凶手，得罪权贵，贬为江州司马。长庆初年任杭州刺史，宝历初年任苏州刺史，后官至刑部尚书。在文学上，主张"文章合为时而著，歌诗合为事而作"，是新乐府运动的倡导者。其诗语言通俗，相传老妪也能听懂。与元稹常唱和，世称"元白"。有《白氏长庆集》。

# 暮 江 吟

### 白居易

一道残阳铺水中，半江瑟瑟<sup>①</sup>半江红。

可怜九月初三夜，露似真珠<sup>②</sup>月似弓。

---

① 瑟瑟：深碧色。
② 真珠：即珍珠。

**赏析**

　　诗人选取了红日西沉到新月东升这一段时间里的两组景物进行描写。前两句写夕阳落照中的江水。"一道残阳铺水中"，残阳照射在江面上，不说"照"，却说"铺"，这是因为"残阳"已经接近地平线，几乎是贴着地面照射过来，确像"铺"在江上，很形象；这个"铺"字也显得平缓，写出了秋天夕阳的柔和，给人以亲切、安闲的感觉。"半江瑟瑟半江红"，天气晴朗无风，江水缓缓流动，江面皱起细小的波纹。受光多的部分，呈现一片"红"色；受光少的地方，呈现出深深的碧色。

诗人抓住江面上呈现出的两种颜色，却表现出残阳照射下，暮江细波粼粼、光色瞬息变化的景象。诗人沉醉了，把自己的喜悦之情寄寓在景物描写之中了。

后两句写新月初升的夜景。诗人流连忘返，直到初月升起，凉露下降的时候，眼前呈现出一片更为美好的境界。诗人俯身一看：呵呵，江边的草地上挂满了晶莹的露珠。这绿草上的滴滴清露，多么像镶嵌在上面的粒粒珍珠！用"真珠"作比喻，不仅写出了露珠的圆润，而且写出了在新月的清辉下，露珠闪烁的光泽。再抬头一看：一弯新月初升，这真如同在碧蓝的天幕上，悬挂了一张精巧的弓！诗人把这天上地下的两种景象，压缩在一句诗里——"露似真珠月似弓"。作者从弓也似的一弯新月，想起此时正是"九月初三夜"，不禁脱口赞美它的可爱，直接抒情，把感情推向高潮，给诗歌造成了波澜。

这首诗大约是长庆二年(822)白居易写于赴杭州任刺史途中。当时朝政昏暗，牛李党争激烈，诗人谙尽了朝官的滋味，自求外任。这首诗从侧面反映出诗人离开朝廷后的轻松愉快的心情。途次所见，随口吟成，格调清新，自然可喜，读后给人以美的享受。

（张燕瑾）

# 钱 塘 湖 春 行

## 白居易

孤山寺北贾亭①西，水面初平云脚低。

几处早莺争暖树，谁家新燕啄春泥。

乱花渐欲迷人眼，浅草才能没马蹄。

最爱湖东行不足，绿杨阴里白沙堤②。

---

① 贾亭：一名贾公亭。《唐语林》卷六："贞元中，贾全为杭州（刺史），于西湖造亭，为贾公亭；未五六十年废。"白居易作此诗时，贾亭尚在。
② 白沙堤：即白堤，又称沙堤或断桥堤。西湖三面环山，白堤中贯，在湖东一带，总揽全湖之胜。

赏析

这诗是长庆三或四年（823 或 824）春白居易任杭州刺史时所作。

钱塘湖是西湖的别名。提起西湖，人们就会联想到宋代苏轼诗中的名句："欲把西湖比西子，淡妆浓抹总相宜。"（《饮湖上初晴后雨》）读了白居易这诗，仿佛真的看到了那含睇宜笑的西施的面影，更加感到东坡这比喻的确切。

诗的前四句写湖上春光，范围是宽广的，它从"孤山"一句生发出来；后四句专写"湖东"景色，归结到"白沙堤"。前面先点明环境，然后写景；后面先写景，然后点明环境。诗以"孤山寺"起，以"白沙堤"终，从点到面，又由面回到点，中间的转换，不见痕迹。结构之妙，诚如清薛雪所指出：乐天诗"章法变化，条理井然"（《一瓢诗话》）。这种"章法"上的"变化"，往往寓诸浑成的笔意之中；倘不细心体察，是难以看出它的"条理"的。

"乱花""浅草"一联，写的虽也是一般春景，然而它和"白沙堤"却有紧密的联系：春天，西湖哪儿都是绿毯般的嫩草；可是这平坦修长的白沙堤，游人来往最为频繁。唐时，西湖上骑马游春的风俗极盛，连歌姬舞伎也都喜爱骑马。诗用"没马蹄"来形容这嫩绿的浅草,正是眼前现成景色。

"初平""几处""谁家""渐欲""才能"这些词语的运用,在全诗写景句中贯串成一条线索,把早春的西湖点染成半面轻匀的钱塘苏小小。可是这蓬蓬勃勃的春意,正在急剧发展之中。从"乱花渐欲迷人眼"这一联里,透露出另一个消息:很快地就会姹紫嫣红开遍,湖上镜台里即将出现浓妆艳抹的西施。

(马茂元)

# 白 云 泉

### 白居易

天平山上白云泉,云自无心水自闲。

何必奔冲山下去,更添波浪向人间!

这首七绝犹如一幅线条明快简洁的淡墨山水图。诗人并不注重用浓墨重彩描绘天平山上的风光,而是着意摹画白云与泉水的神态,将它人格化,使它充满生机、活力,点染着诗人自己闲逸的感情,给人一种饶有风趣的清新感。诗人采取象征手法,写景寓志,以云水的逍遥自由比喻恬淡的胸怀与闲适的心情;用泉水激起的自然波浪象征社会风浪,"兴发于此而义归于彼",言浅旨远,意在象外,寄托深厚,理趣盎然。诗的风格平淡浑朴,清代田雯谓:"乐天诗极清浅可爱,往往以眼前事为见得语,皆他人所未发。"(《古欢堂集》)这一评语正好道出了这首七绝的艺术特色。

(何国治)

► 柳宗元(773—819)　字子厚,河东解(今山西运城西南)人,世称柳河东。贞元进士,授校书郎,调蓝田尉,升监察御史里行。因参加王叔文集团,被贬为永州司马。后迁柳州刺史,故又称柳柳州。与韩愈皆倡导古文运动,并称"韩柳",同被列入"唐宋八大家"。其诗风格清峭。有《河东先生集》。

# 与浩初上人同看山寄京华亲故

柳宗元

海畔尖山似剑芒，秋来处处割愁肠。
若为化作身千亿①，散向峰头望故乡。

---

① 化作身千亿:佛教中指佛为超度解脱世间众生,能随三界六道的不同状况的需要变化应现为种种身,并称释迦牟尼为"千百亿化身"。

柳宗元因参与"永贞革新",被贬为永州司马,后又被发配到当时的边远蛮荒之地柳州任刺史。此诗即作于柳州刺史任上。"海畔"表现所处之地的偏远,"尖山"似"剑芒"的比喻,既描绘出当地的山突兀簇立、峻峭如削的特征,又引发第二句诗人的联想。秋风萧瑟,草木摇落,本就容易惹动人的愁绪。诗人贬谪千里,远离亲故,登临看山,触景生情,愁肠寸断,就如同被这利剑锋芒似的群山切割一般。诗人思乡之愁苦难以抑制,在三、四句中更加强烈地喷薄而出。或许是同行的浩初上人令他想起佛经中"化身"的说法,诗人希望自己也能有千亿化身,散向这丛丛峰顶，尽情地遥望故乡，乡愁之痛切在此以形象化的手法淋漓展现。不同于柳宗元许多山水诗的淡泊简古，这首诗情感激越，想象奇异，读来惊心动魄，极具震撼力。

（于　湘）

# 秋晓行南谷经荒村

## 柳宗元

杪秋霜露重，晨起行幽谷。

黄叶覆溪桥，荒村唯古木。

寒花疏寂历，幽泉微断续。

机心久已忘，何事惊麋鹿？

南谷，在永州（治今湖南永州）乡下。此篇写诗人经荒村去南谷一路所见景象，处处紧扣深秋景物所独具的特色。句句有景，景亦有情，交织成为一幅秋晓南谷行吟图。

诗人清早起来，踏着霜露往幽深的南谷走去。第一句点明时令。杪（miǎo），末也。"杪秋"，即深秋。"霜露重"，固然是深秋景色，同时也说明了是早晨，为"秋晓"二字点题。

中间四句写一路所见。诗人来到小溪,踏上小桥,到处是黄叶满地;荒凉的山村,古树参天。一个"覆"字,说明这里树木之多,以致落叶能覆盖溪桥;而一个"唯"字,更表明荒村之荒,除古木之外,余无所见。不仅如此,南谷中连耐寒的山花,也长得疏疏落落;从幽谷里流出来的泉水,细微而时断时续,像是快枯竭了似的。诗人触目所见,自然界的一切都呈现出荒芜的景象。四句诗,处处围绕着一个"荒"字。

　　诗人身临凄凉荒寂之境,触动内心落寞孤愤之情。这时又见一只受惊的麋鹿,忽然从身旁奔驰而去。他由此联想起《庄子·天地》篇里说过的话:"有机械者必有机事,有机事者必有机心。"诗人借用此话,意思是:我柳宗元很久以来已不在意宦海升沉,仕途得失,超然物外,无机巧之心了,何以野鹿见了我还要惊恐呢?诗人故作旷达之语,其实却正好反映了他久居穷荒而无可奈何的心情。

　　此篇多写静景:"霜露""幽谷""黄叶""溪桥""荒村""古木""寒花""幽泉"。写荒寂之景是映衬诗人的心境。末句麋鹿之惊,不仅把前面的景物带活了,而且,意味深长,含蓄蕴藉,是传神妙笔。

（吴文治）

# 雨后晓行独至愚溪北池

柳宗元

宿云散洲渚,晓日明村坞。

高树临清池，风惊夜来雨。

予心适无事，偶此成宾主。

这首五言古诗作于元和五年（810）。题中"愚溪北池"，在零陵（治今湖南永州）西南愚溪之北约六十步。此篇着重描写愚池雨后早晨的景色。

起首两句，从形象地描写雨后愚池的景物入手，来点明"雨后晓行"。夜雨初晴，隔宿的缕缕残云，从洲渚上飘散开去；初升的阳光，照射进了附近村落。这景色，给人一种明快的感觉，使人开朗、舒畅。三、四句进一步写愚池景物，构思比较奇特，是历来被传诵的名句。"高树临清池"，不说池旁有高树，而说高树下临愚池，是突出高树。这与下句"风惊夜来雨"有密切联系，因为"风惊夜来雨"是从高树而来。这"风惊夜来雨"句中的"惊"字，后人赞其用得好，宋人吴可就认为"'惊'字甚奇"（《藏海诗话》）。夜雨乍晴，沾满在树叶上的雨点，经风一吹，仿佛因受惊而洒落，奇妙生动，真是把小雨点也写活了。末二句，诗人把自己也融化入景，成为景中的人物。佳景当前，正好遇上诗人今天心情舒畅，独步无侣，景物与我，彼此投合，有如宾主相得。这里用的虽是一般的叙述句，却是诗人主观感情的流露，更加烘托出景色的幽雅宜人。有了它，使前面四句诗的景物描写更增加了活力。这两句中，诗人用一个"适"字，又用一个"偶"字，富有深意。它说明诗人也并非总是那么闲适和舒畅的。

我们读这首诗，就宛如欣赏一幅池旁山村高树、雨后云散日出的图画，画面开阔，色彩明朗和谐，而且既有静景，也有动景，充满着生机和活力。诗中所抒发的情,与诗人所描写的景和谐而统一,在艺术处理上是成功的。

(吴文治)

# 江　雪

柳宗元

千山鸟飞绝,万径人踪灭。

孤舟蓑笠翁,独钓寒江雪。

赏析

　　在这首诗里,笼罩一切、包罗一切的东西是雪,山上是雪,路上也是雪,而且"千山""万径"都是雪,才使得"鸟飞绝""人踪灭"。就连船篷上,渔翁的蓑笠上,当然也都是雪。可是作者并没有把这些景物同"雪"明显地联系在一起。相反,在这个画面里,只有江,只有江心。江,当然不会存雪,不会被雪盖住,而且即使雪下到江里,也立刻会变成水。然而作者却偏偏用了"寒江雪"三个字,把"江"和"雪"这两个关系最远的形象联系到一起,这就给人以一种比较空蒙、比较遥远、比较缩小了的感觉,这就形成了远距离的镜头。这就使得诗中主要描写的对象更集中、更灵巧、更突出。因为连江里都仿佛下满了雪,连不存雪的地方都充满了雪,这就把雪下得又大又密、又浓又厚的情形完全写出来了,把水天不分、上下苍茫一片的气氛也完全烘托出来了。至于上面再用一个"寒"字,固然是为了点明气候;但诗人的主观意图却是在想不动声色地写出渔翁的精神世界。试想,在这样一个寒冷寂静的环境里,那个老渔翁竟然不怕天冷,不怕雪大,忘掉了一切,专心地钓鱼,形体虽然孤独,性格却显得清高孤傲,甚至有点凛然不可侵犯似的。这个被幻化了的、美化了的渔翁形象,实际正是柳宗元本人的思想感情的寄托和写照。由此可见,这"寒江雪"三字正是"画龙点睛"之笔,它把全诗前后两部分有机地联系起来,不但形成了一幅凝练概括的图景,也塑造了渔翁完整突出的形象。用具体而细致的手法来摹写背景,用远距离画面来描写主要形象;精雕细琢和极度的夸张概括,错综地统一在一首诗里,是这首山水小诗独有的艺术特色。

(吴小如)

# 渔　翁

## 柳宗元

渔翁夜傍西岩宿,晓汲清湘燃楚竹。
烟销日出不见人,欸乃[1]一声山水绿。
回看天际下中流,岩上无心云相逐。

---

[1] 欸乃:摇橹声。

　　这首诗为诗人贬谪于永州时所作,与其著名的山水散文"永州八记"作于同一时期,首句的"西岩"正是《始得西山宴游记》之"西山"。开篇写渔翁的日常生活。渔翁夜宿,是依傍着"萦青缭白"(《始得西山宴游记》)的西山,晓来汲水用的是清澈的湘水,烧火用的是楚地的翠竹,为打水生火这些寻常的活动加以修饰,显得渔翁超凡脱俗,颇有世外高人的雅趣。随着时间的推移从拂晓到日出,烟霭散尽,一幅青山绿水的画图在眼前忽然展开,却不直接写人,而是通过"欸乃一声"暗示,将渔翁融于青山绿水之中,描绘出清幽寥廓的境界。特别是"绿"字,色彩鲜明,将山水随着"烟销日出"清晰展现的过程赋予动态。结尾两句写渔翁乘舟顺中流而下,回望天际,唯有山岩上白云缭绕,仿佛在与渔舟相逐。化用陶渊明《归去来兮辞》"云无心以出岫",一人一舟,唯有无心的白云作伴,流露出一丝寂寞。这首小诗与借寄情山水排遣失意的"永州八记"异曲同工,诗中的渔翁有诗人自况之意,他独来独往于山水之间,既有不与俗世同流合污的清高,又有他乡迁客无人理解的孤独。

(于　湘)

➡ **贾岛**(779—843)　字浪仙,一作阆仙,范阳(治今河北涿州)人。初落拓为僧,名无本,后还俗,屡举进士不第。曾任长江主簿,人称贾长江。其诗喜写荒凉枯寂之境,颇多寒苦之辞。以五律见长,注重词句锤炼,刻苦求工。与孟郊齐名,有"郊寒岛瘦"之称。有《长江集》。

# 题 李 凝 幽 居

贾 岛

闲居少邻并,草径入荒园。

鸟宿池边树,僧敲月下门。

过桥分野色,移石动云根。

暂去还来此,幽期不负言。

赏析

　　颔联"鸟宿池边树,僧敲月下门",是历来传诵的名句。"推敲"两字还有这样的故事:一天,贾岛骑在驴上,忽然得句"鸟宿池边树,僧敲月下门",初拟用"推"字,又思改为"敲"字,在驴背上引手作推敲之势,不觉一头撞到京兆尹韩愈的仪仗队,随即被人押至韩愈面前。贾岛便将做诗得句、下字未定的事情说了,韩愈不但没有责备他,反而立马思之良久,对贾岛说:"作'敲'字佳矣。"这样,两人竟做起朋友来。这一"推敲"故事传为文坛佳话,实际上却是子虚乌有。因为韩愈和贾岛在此之前早就相识了。不过这一虚构倒也颇能为贾岛的苦吟炼字传神写照。这两句诗,粗看有些费解。难道诗人连夜晚宿在池边树上的鸟都能看到吗?其实,这正见出诗人构思之巧,用心之苦。正由于月光皎洁,万籁俱寂,因此老僧(或许即指作者)一阵轻微的敲门声,就惊动了宿鸟,或是引起鸟儿一阵不安的躁动,或是鸟从窝中飞出转了个圈,又栖宿巢中了。作者抓住了这一瞬即逝的现象,来刻画环境之幽静,响中寓静,有出人意料之胜。倘用"推"字,当然没有这样的艺术效果了。

诗中的草径、荒园、宿鸟、池树、野色、云根,无一不是寻常所见景物;闲居、敲门、过桥、暂去等等,无一不是寻常的行事。然而诗人偏于寻常处道出了人所未道之境界,语言质朴,冥契自然,而又韵味醇厚。

(施绍文)

# 雪 晴 晚 望

贾 岛

倚杖望晴雪,溪云几万重。

樵人归白屋,寒日下危峰。

野火烧冈草,断烟生石松。

却回山寺路,闻打暮天钟。

走
进
唐
诗

山

水

　　诗如题,写诗人于雪后初晴的傍晚游望之景。首句开门见山,诗人雪后出游,倚杖遥望。雪霁天晴,视野开阔,溪水上白云重重叠叠。樵夫采樵归来,回到覆盖着白雪的茅屋,带着寒意的夕阳正从高耸的山峰后下沉西落。山冈上的野草燃烧,腾起的烟雾缭绕,如生于山石中的古松之间。前六句绘景,有静有动,一派祥和中隐隐流露清冷之意。诗人游罢,意欲返回寓居的山寺,忽然听得钟声在日暮的天空中响起,这钟声打破了寂静的画面,也引发了诗人的思索。贾岛早年为僧,后还俗,屡试不第,仕途坎坷。这钟声是否让他怀念起出家为僧的岁月,又生避世之感呢?

（秦　辉）

▶▶▶ **项斯** 字子迁,台州乐安(今浙江仙居)人。会昌进士,官丹徒县尉。诗风清丽,为张籍、杨敬之所知赏。有《项斯诗集》。

# 山　行

项　斯

青枥林深亦有人,一渠流水数家分。

山当日午回峰影,草带泥痕过鹿群。

蒸茗气从茅舍出,缲丝声隔竹篱闻。

行逢卖药归来客,不惜相随入岛云。

赏析

　　首联勾勒出山村所处深林中、溪水畔的清幽环境。"青枥林深",初看似无人,却点出"亦有人",出乎意外,带有惊喜之意。写村中所居数家,以一渠流水为引,活泼别致。颔联描写村中景物,诗人观察细致,选取了峰影、泥痕两处细节。正午时分日头高升,使得映照出的山峰倒影也随之移动,反映了诗人观景之久。"过鹿群"为"草带泥痕"这寻常的景物增添了生机,从泥痕中可以想见鹿群奔驰而过、野趣十足的画面。

　　颈联写村民的劳作——蒸制茶叶、煮茧抽丝,却不直写,甚至人物都没有出现,而是通过茅舍中飘来的蒸茗的香气,隔着竹篱响起的缲丝的声音,巧妙地侧面展现,给予读者更多的想象空间。这恬静幽美的山村,却并没有让诗人驻足,尾联中诗人遇到了卖药归来的采药人,表示愿意追随他前往深山那如水中岛屿般漂浮的云朵之中,隐隐透露着诗人意欲隐居山林。全诗清新活泼,描写生动细腻。

（江　哲）

▶▶ **韩琮** 字成封。长庆进士。初为陈许节度判官,后历中书舍人、湖南观察使等职。

# 晚春江晴寄友人

韩 琮

晚日低霞绮,晴山远画眉。

春青河畔草,不是望乡时。

这首小诗主要写景,而情隐景中,驱遣景物形象,传达了怀乡、思友的感情。在暮春三月的晴江之上,诗人仰视,有落日与绮霞;遥望,有远山如眉黛;俯察,有青青的芳草。这些物态,高低远近,错落有致。情,就从中生发出来。

全诗四句,有景有情。前三句重笔状景,景是明丽的,景中的情是轻松的;末一句收笔言情,情是惆怅的,情中的景则是迷惘的。诗中除晚日、远山都与乡情相关外,见春草而动乡情更多见于骚客吟咏,如《楚辞·招隐士》"王孙游兮不归,春草生兮萋萋",白居易《赋得古原草送别》"又送王孙去,萋萋满别情"等都是。韩琮此诗从"晚日""远山"写到"春草",导入"望乡",情与景协调一致,显得很自然。明代谢榛在《四溟诗话》中说:"景乃诗之媒,情乃诗之胚,合而为诗。"斯言可于这首小诗中得到默契。

(马君骅)

▶▶ **李贺**(790—816) 字长吉,福昌(今河南宜阳西)人。唐皇室远支,家世早已没落,生活困顿。曾官奉礼郎。因避家讳,被迫不得应进士科考试。早岁即工诗,见知于韩愈等,死时仅二十七岁。其诗表现出自己政治上不得志的悲愤,对各种社会现实问题也有所讽刺、揭露。善于熔铸词采,驰骋想象,运用神话传说,创造出新奇瑰丽的诗境。有些作品情调阴郁低沉,语言过于雕琢。有《昌谷集》。

走进唐诗
山水

# 南 园 十 三 首(其十三)

### 李 贺

小树开朝径,长茸湿夜烟。

柳花惊雪浦,麦雨涨溪田。

古刹疏钟度,遥岚破月悬。

沙头敲石火,烧竹照渔船。

**赏析**

　　这是一首诗,也是一幅画。诗人以诗作画,采用移步换形的方法,就像绘制动画片那样,描绘出南园一带从早到晚的水色山光,旖旎动人。

　　这首诗前六句主要描摹自然景物,运笔精细,力求形肖神似,像是严谨密致的工笔山水画。末二句正面写人的活动,用墨省俭,重在写意,犹如轻松淡雅的风俗画。两者相搭配,相映衬,情景十分动人。而且诗中的山岚、溪水、古刹、渔船,乃至一草一木都显得寥萧淡泊,有世外之意。想来是诗人的情致渗透到作品的形象里,从而构成这样一种特殊的意蕴,反映了诗人"老去溪头作钓翁"(《南园》其十)的归隐之情。当然,这不过是他仕进绝望的痛苦的另一种表现罢了。

(朱世英)

# 南山田中行

李 贺

秋野明,秋风白, 塘水漻漻虫喷喷。

云根苔藓山上石,冷红泣露娇啼色。

荒畦九月稻叉牙,蛰萤低飞陇径斜。

石脉水流泉滴沙,鬼灯如漆点松花。

## 赏析

诗人用富于变幻的笔触描绘了这样一幅秋夜田野图:它明丽而又斑驳,清新而又幽冷,使人爱恋,却又叫人忧伤,突出地显示了李贺诗歌的独特风格和意境。

诗歌开头三句吸收古代民间歌谣起句形式,运用了"三、三、七"句法。连出两个"秋"字,语调明快轻捷;长句连用两个叠音词,一清一浊,有抑有扬,富于节奏感。读后仿佛置身空旷的田野,皓月当空,秋风万里,眼前塘水深碧,耳畔虫声轻细,有声有色,充满诗情画意。

四、五句写山。山间云绕雾漫,岩石上布满了苔藓;娇弱的红花在冷风中瑟缩着,花瓣上的露水一点一点地滴落下来,宛如少女悲啼时的泪珠。写到这里,那幽美清朗的境界蓦然升起一缕淡淡的愁云,然后慢慢向四周铺展,轻纱般笼罩着整个画面,为它增添了一种迷幻的色调。

六、七句深入一层,写田野景色:"荒畦九月稻叉牙,蛰萤低飞陇径斜。"深秋九月,田里的稻子早就成熟了,枯黄的茎叶横七竖八地丫叉着;几只残萤缓缓地在斜伸的田埂上低飞,拖带着暗淡的青白色的光点。

八、九句再深入一层,展示了幽冷凄清甚至有点阴森可怖的境界:从石缝里流出来的泉水滴落在沙地上,发出幽咽沉闷的声响;远处的磷火闪烁着绿荧荧的光,像漆那样黝黑发亮,在松树的枝丫间游动,仿佛松花一般。泉水是人们喜爱的东西,看着泉水流淌,听着它发出的声响,会产生轻松欢快的感觉。人们总是爱用"清澈""明净""淙淙""潺潺""叮咚"之类的字眼来形容泉水。李贺却选用"滴沙"这样的词语,描摹出此处泉水清幽而又滞涩的形态和声响,富有艺术个性,色调也与整个画面和谐一致。末句描写的景是最幽冷不过的了。"鬼灯如漆",阴森森地令人毛骨悚然;"点松花"三字,又多少带有生命的光彩,使读者在承受"鬼气"重压的同时,又获得某种特殊的美感,有一种幽冷清绝的意趣。

(朱世英)

**诗 / 人 / 小 / 传**

▶ **许浑** 字用晦,一作仲晦,润州丹阳(今属江苏)人。大和进士,官虞部员外郎,睦、郢二州刺史。自少苦学多病,喜爱林泉。其诗长于律体,多登高怀古之作。有《丁卯集》。

# 秋日赴阙题潼关驿楼

## 许 浑

红叶晚萧萧,长亭酒一瓢。

残云归太华,疏雨过中条。

树色随关迥,河声入海遥。

帝乡明日到,犹自梦渔樵。

开头两句,作者先勾勒出一幅秋日行旅图,把读者引入一个秋浓似酒、旅况萧瑟的境界。“红叶晚萧萧”,用写景透露人物一缕缕悲凉的意绪;“长亭酒一瓢”,用叙事传出客子旅途况味,用笔干净利落。此诗一本题作《行次潼关,逢魏扶东归》。这个背景材料,可以帮助我们了解诗人何以在长亭送别、借瓢酒消愁的原委。

然而诗人没有久久沉湎在离愁别苦之中。中间四句笔势陡转,大笔勾画四周景色,雄浑苍茫,全然是潼关的典型风物。骋目远望,南面是主峰高耸的西岳华山;北面,隔着黄河,又可见连绵苍莽的中条山。残云归岫,意味着天将放晴;疏雨乍过,给人一种清新之感。从写景看,诗人拿“残云”再加“归”字来点染华山,又拿“疏雨”再加“过”字来烘托中条山,这样,太华和中条就不是死景而是活景,因为其中有动势——在浩茫无际的沉静中显出了一抹飞动的意趣。

诗人把目光略收回来,就又看见苍苍树色,随关城一路远去。关外便是黄河,它从北面奔涌而来,在潼关外头猛地一转,径向三门峡冲去,翻滚的河水咆哮着流入渤海。"河声"后续一"遥"字,传出诗人站在高处远望倾听的神情。眼见树色苍苍,耳听河声汹汹,真绘声绘色,给人耳闻目睹的真实感觉。

这里,诗人连用四句景句,安排得如巨鳌的四足,缺一不可,丝毫没有臃肿杂乱,使人生厌之感。三、四两句,又见其另作《秋霁潼关驿亭》诗颔联,完全相同,可知是诗人偏爱的得意之笔。

"帝乡明日到,犹自梦渔樵"。照理说,离长安不过一天路程,作为入京的旅客,总该想着到长安后便要如何如何,满头满脑盘绕"帝乡"去打转子了。可是许浑却出人意外地说:"我仍然梦着故乡的渔樵生活呢!"含蓄表白了自己并非专为追求名利而来。这样结束,委婉得体,优游不迫,是颇显出自己身份的。

(刘逸生)

▶▶ **杜牧**（803—853） 字牧之，京兆万年（今陕西西安）人。大和进士，曾为江西、宣歙观察使沈传师和淮南节度使牛僧孺的幕僚，历任监察御史、黄、池、睦诸州刺史，后入为司勋员外郎，官终中书舍人。以济世之才自负。诗文中多指陈时政之作。写景抒情的小诗，多清丽生动。其诗在晚唐成就颇高，后人称杜甫为"老杜"，称其为"小杜"。又与李商隐并称"小李杜"。有《樊川文集》。

# 九日齐山登高

杜　牧

江涵秋影雁初飞，与客携壶上翠微。

尘世难逢开口笑，菊花须插满头归。

但将酩酊酬佳节，不用登临恨落晖。

古往今来只如此，牛山何必独沾衣？

这首诗是唐武宗会昌五年（845）杜牧任池州（治今安徽贵池）刺史时的作品。

"江涵秋影雁初飞，与客携壶上翠微。"重阳佳节，诗人和朋友带着酒，登上池州城东南的齐山。江南的山，到了秋天仍然是一片缥青色，这就是所谓翠微。人们登山，仿佛是登在这一片可爱的颜色上。由高处下望江水，空中的一切景色，包括初飞来的大雁的身影，都映在碧波之中，更显得秋天水空的澄肃。诗人用"涵"来形容江水仿佛把秋景包容在自己的怀抱里，用"翠微"这样美好的词来代替秋山，都流露出对于眼前景物的愉悦感受。这种节日登临的愉悦，给诗人素来抑郁不舒的情怀，注入了一股兴奋剂。"尘世难逢开口笑，菊花须插满头归。"他面对着秋天的山光水色，脸上浮起了笑容，兴致勃勃地折下满把的菊花，觉得应该插个满头归去，才不辜负这一场登高。诗人意识到，尘世间像这样开口一笑，实在难得。在这种心境支配下，他像是劝客，又像是劝自己："但将酩酊酬佳节，不用登临恨落晖。"——斟起酒来喝吧，只管用酩酊大醉来酬答这良辰佳节，无须在节日登临时为夕阳西下，为人生迟暮而感慨、怨恨。这中间四句给人一种感觉：诗人似乎想用偶然的开心一笑，用节日的醉酒，来掩盖和消释长期积在内心的郁闷。但郁闷仍然存在着，尘世终归是难得一笑，落晖毕竟就在眼前。于是，诗人进一步安慰自己："古往今来只如此，牛山何必独沾衣？"春秋时，齐景公游于牛山，北望国都临淄流泪说："若何滂滂去此而死乎！"诗人由眼前所登池州的齐山，联想到齐景公的牛山坠泪，认为像"登临恨落晖"所感受到的那种人生无常，是古往今来尽皆如此的。既然并非今世才有此恨，又何必像齐景公那样独自伤感流泪呢？

（余恕诚）

# 山　行

杜　牧

远上寒山石径斜，白云生处有人家。

停车坐爱枫林晚①，霜叶红于二月花。

① 坐：因为。

赏析

　　这首诗描绘的是秋之色，展现出一幅动人的山林秋色图。诗里写了山路、人家、白云、红叶，构成一幅和谐统一的画面。这些景物不是并列地处于同等地位，而是有机地联系在一起，有主有从，有的处于画面的中心，有的则处于陪衬地位。简单来说，前三句是宾，第四句是主，前三句是为第四句描绘背景、创造气氛，起铺垫和烘托作用的。

　　第四句是全诗的中心，是诗人浓墨重彩、凝聚笔力写出来的。不仅前两句疏淡的景致成了这艳丽秋色的衬托，即使"停车坐爱枫林晚"一句，看似抒情叙事，实际上也起着写景衬托的作用：那停车而望、陶然而醉的诗人，也成了景色的一部分，有了这种景象，才更显出秋色的迷人。而一笔重写之后，戛然而止，又显得情韵悠扬，余味无穷。

（张燕瑾）

▶▶ **雍陶** 字国钧,成都人。大和进士,历任侍御史、国子毛诗博士、简州刺史。与当时著名诗人贾岛等友善。诗多记游赠别之作,律诗语言精练,工于对仗。

# 题 君 山

### 雍 陶

烟波不动影沉沉,碧色全无翠色深。

疑是水仙梳洗处,一螺青黛镜中心。

赏析

　　洞庭君山以她的秀美,吸引着不少诗人为之命笔。"遥望洞庭山水色,白银盘里一青螺。"(《望洞庭》)刘禹锡这两句诗,以青螺来形容,刻画了遥望水面白浪环绕之中的君山的情景。雍陶这一首,则全从水中的倒影来描绘,来生发联想,显得更为轻灵秀润。起笔两句,不仅湖光山色倒影逼真,而且笔势凝敛,重彩描画出君山涵映水中的深翠的倒影。继之诗情转向虚幻,将神话传说附会于君山倒影之中,以意取胜,写得活脱轻盈。这种"镜花水月"、互相映衬的笔法,构成了这首小诗新巧清丽的格调,从而使君山的秀美,形神两谐地呈现在读者的面前。

(左成文)

走进唐诗

山水

诗 / 人 / 小 / 传

▶▶ **温庭筠**（约801—866） 原名岐,字飞卿,太原(今山西太原西南)人。每入试,押官韵,八叉手而成八韵,时号温八叉。仕途不得意,官止国子助教。其诗辞藻华丽。与李商隐齐名,号"温李"。原有集,已散佚,后人辑有《温庭筠诗集》《金奁集》。

# 过 分 水 岭

温庭筠

溪水无情似有情,入山三日得同行。

岭头便是分头处,惜别潺湲一夜声。

赏析

　　全诗围绕着本是自然界"无情"溪水的"有情"展开。"似"字微妙地透露出溪水的"有情"乃是诗人的主观感受,溪水似有情,正是因为诗人以饱含感情的眼光观察身边的事物,将感情倾注于事物中,"以我观物,故物皆着我之色彩"(王国维《人间词话》)。本是沿着溪水行路,在诗人眼中,却是溪水在与诗人相伴同行。翻山越岭的路途漫长,"入山三日"终于攀上岭头。分水岭两侧是不同的水系,故而"岭头便是分头处",翻过岭头,诗人就要与溪水作别了。这"有情"的溪水似乎也依依不舍,一夜的水声潺湲,仿佛在向诗人诉说依依惜别之意。全诗以质朴的语言,赋予溪水以灵动的生命,化无情为有情,平淡中蕴含浓郁的诗意。

(于 湘)

# 处士卢岵山居

温庭筠

西溪问樵客,遥识主人家。

古树老连石,急泉清露沙。

千峰随雨暗,一径入云斜。

日暮鸟飞散,满山荞麦花。

## 赏析

这首诗没有直接写卢岵,也没有直接写作者的心情,而是只写卢岵处士山居的景色。通过山居景色的描写,反映其人品的高洁及作者的景慕之情。

一、二两句是说先向砍柴的人打听卢岵山居的所在地,然后远远地认准方向走去。通过"问樵客""遥识"的写法,暗示出卢岵山居的幽僻。作者不称砍柴的人为"樵子""樵夫",而称之为"樵客",意味着这个砍柴者并不是俗人,这对于诗的气氛也起着一定的渲染作用。

三、四两句写一路所见,是近景。古树老根缠石,仿佛它天生是连着石头长起来的。湍急清澈的泉水,把面上的浮土、树叶冲走了,露出泉底的沙子来,更显得水明沙净。这两句形象地描绘了幽僻山径中特有的景物和色彩。而与此相应,作者用的是律诗中的拗句,"老"字和"清"字的平仄对拗,在音节上也加强了高古、清幽的气氛。

五、六两句写入望的远景。"千峰"言山峰之多,因在雨中显得幽暗,看不清楚。"一径入云斜"和"千峰随雨暗"相对照,见得那通往卢岵山居小路的高峻、幽深,曲曲弯弯一直通向烟云深处。这两句改用协调的音节,一方面是为了增加变化,一方面也是和写远景的阔大相适应的。

七、八两句又改用拗句的音节,仍是和通篇突出山居景物的特殊色彩相适应的。而写景物的特殊色彩又是为了写人,为了衬托古朴高洁的"处士"形象。

荞麦是瘠薄山地常种的作物,初秋开小白花。在日照强烈的白天里,小白花不显眼,等到日暮鸟散,才显出满山的荞麦花一片洁白。荞麦花既和描写处士的山居风光相适应,同时,也说明处士的生活虽然孤高,也并非和人世完全隔绝;借此又点明了作者造访的季节——秋天。

全诗的层次非常清楚,景物写得虽多而错落有致。更重要的是通过景物的特殊色彩,使读者对卢岵处士生活的古朴和人品的孤高有一个深刻的印象。作者的这种比较特殊的表现手法,应该说是很成功的。

(张志岳)

# 商 山 早 行

温庭筠

晨起动征铎,客行悲故乡。

鸡声茅店月，人迹板桥霜。

槲叶落山路，枳花明驿墙。

因思杜陵梦，凫雁满回塘。

## 赏析

三、四两句，历来脍炙人口。宋代梅尧臣曾经对欧阳修说：最好的诗，应该"状难写之景如在目前，含不尽之意见于言外"。欧阳修请他举例说明，他便举出这两句和贾岛的"怪禽啼旷野，落日恐行人"，并反问道："道路辛苦，羁旅愁思，岂不见于言外乎？"（《六一诗话》）明李东阳在《怀麓堂诗话》中进一步分析说："'鸡声茅店月，人迹板桥霜'，人但知其能道羁愁野况于言意之表，不知二句中不用一二闲字，止提掇出紧关物色字样，而音韵铿锵，意象具足，始为难得。若强排硬叠，不论其字面之清浊，音韵之谐舛，而云我能写景用事，岂可哉！""音韵铿锵"，"意象具足"，是一切好诗的必备条件。李东阳把这两点作为"不用一二闲字，止提掇紧关物色字样"的从属条件提出，很可以说明这两句诗的艺术特色。所谓"闲字"，指的是名词以外的各种词；所谓"提掇紧关物色字样"，指的是代表典型景物的名词的选择和组合。这两句诗可分解为代表十种景物的十个名词："鸡""声""茅""店""月"，"人""迹""板""桥""霜"。虽然在诗句里，"鸡声""茅店""人迹""板桥"都结合为"定语加中心词"的"偏正词组"，但由于作定语的都是名词，所以仍然保留了名词的具体感。例如"鸡声"一词，"鸡"和"声"结合在一起，不是可以唤起引颈长鸣的视觉形象吗？"茅店""人迹""板桥"，也与此相类似。

古时旅客为了安全，一般都是"未晚先投宿，鸡鸣早看天"。诗人既然写的是早行，那么鸡声和月，就是有特征性的景物。而茅店又是山区有特征性的景物。"鸡声茅店月"，把旅人住在茅店里，听见鸡声就爬起来看天色，看见天上有月，就收拾行装，起身赶路等许多内容，都有声有色地表现出来了。

同样，对于早行者来说，"板桥""霜"和霜上的"人迹"也都是有特征性的景物。作者于雄鸡报晓、残月未落之时上路，也算得上"早行"了；然而已经是"人迹板桥霜"，这真是"莫道君行早，更有早行人"啊！

这两句纯用名词组成的诗句，写早行情景宛然在目，确实称得上"意象具足"的佳句。

（霍松林）

➤ **马戴**　字虞臣。会昌进士。在太原幕府中任掌书记,以直言获罪,贬为龙阳尉。得赦回京,官终国子博士。与贾岛、姚合为诗友。擅长五律。

走进唐诗

山水

# 楚 江 怀 古(其一)

### 马 戴

露气寒光集,微阳下楚丘。

猿啼洞庭树,人在木兰舟。

广泽生明月,苍山夹乱流。

云中君不见,竟夕自悲秋。

赏析

　　秋风摇落的薄暮时分,江上晚雾初生,楚山夕阳西下,露气迷茫,寒意侵人。这种萧瑟清冷的秋暮景象,深曲微婉地透露了诗人悲凉落寞的情怀。斯时斯地,入耳的是洞庭湖边树丛中猿猴的哀啼,照眼的是江上漂流的木兰舟。"嫋嫋兮秋风,洞庭波兮木叶下"(《楚辞·九歌·湘夫人》),"船容与而不进兮,淹回水而凝滞"(《楚辞·九章·涉江》),诗人泛游在湘江之上,对景怀人,屈原的歌声仿佛在叩击他的心弦。"猿啼洞庭树,人在木兰舟",这是晚唐诗中的名句。一句写听觉,一句写视觉;一句写物,一句写己。上句静中有动,下句动中有静。诗人伤秋怀远之情并没有直接说明,只是点染了一张淡彩的画,气象清远,婉而不露,让人思而得之。黄昏已尽,夜幕降临,一轮明月从广阔的洞庭湖上升起,深苍的山峦间夹泻着汩汩而下的乱流。"广泽生明月,苍山夹乱流"二句,描绘的虽是比较广阔的景象,但它的情致与笔墨还是清微婉约的。同是用五律写明月,张九龄的"海上生明月,天涯共此时"(《望月怀远》),李白的"梦绕城边月,心飞故国楼"(《太原早秋》),杜甫的"星垂平野阔,江入大荒流"(《旅夜书怀》),都是所谓"高华雄厚"之作。而马戴此联的风调却有明显的不同,这一联承上发展而来,是山水分设的写景。但"一切景语,皆情语也"(清田同之《西圃词说》),"广泽生明月"的阔大和静谧,曲曲反衬出诗人远谪遐方的孤单离索;"苍山夹乱流"的迷茫与纷扰,深深映照出诗人内心深处的缭乱彷徨。夜已深沉,诗人尚未归去,俯仰于天地之间,沉浮于湘波之上,他不禁想起楚地古老的传说和屈原《九歌》中的"云中君"。"屈宋魂冥寞,江山思寂寥"(《楚江怀古》之三),云神无由得见,屈子也邈矣难寻,诗人自然更是感慨丛生了。"云中君不见,竟夕自悲秋",点明题目中的"怀古",而且以"竟夕"与"悲秋"在时间和节候上呼应开篇,使全诗在变化错综之中呈现出和谐完整之美,让人寻绎不尽。

(李元洛)

➤ **方干**(？—约888) 字雄飞,门人私谥玄英先生。新定(治今浙江建德)人。举进士不第,隐居会稽镜湖。咸通至中和间,以诗著名江南。多应酬之作,也有些诗篇抒写羁旅之思及闲适出世思想。有《玄英先生集》。

走进唐诗

山水

# 题 君 山

方 干

曾于方外见麻姑,闻说君山自古无。

元是昆仑山顶石,海风吹落洞庭湖。

赏析

　　"曾于方外见麻姑",就像诉说一个神话。诗人告诉我们,他曾神游八极之表,奇遇仙女麻姑。这个突兀的开头似乎有些离题,令人不知它与君山有什么关系。其实它已包含有一种匠心。方外神仙正多,单单遇上麻姑,就有意思了。据《神仙外传》,麻姑虽看上去"年可十八九",却是三见沧海变作桑田,所以她知道的新鲜事儿一定不少。

　　"闻说君山自古无",这就是麻姑对诗人提到的新鲜事一件。次句与首句的起承间,有一个跳跃。读者不难用想象去填补,那就是诗人向麻姑打听君山的来历。人世之谜甚多,单问这个,也值得玩味。你想,那烟波浩渺的八百里琼田之中,兀立着这样一座玲珑的君山。泛舟湖面,"四顾疑无地,中流忽有山"(许棠《过君山》),这个发现,会使人惊喜不置;同时又感到这奇特的君山,必有一个不同寻常的来历,从而困惑不已。诗人也许就是带着这问题去方外求教的呢。

诗中虽然无一字正面实写君山的形色,纯从虚处落墨,闲中着色,却传达出了君山给人的奇异感受。

"君山自古无",这说法既出人意表,很新鲜,又坐实了人们的揣想。写"自古无",是为引出"何以有"。不一下子说出山的来历,似乎是故弄玄虚,其效果与"且听下回分解"略同。

"元是昆仑山顶石,海风吹落洞庭湖。"这真是不说则已,一鸣惊人。原来君山是昆仑顶上的一块灵石,被巨大的海风吹落洞庭的。昆仑山,在古代传说中是神仙遨游之所,上有瑶池阆苑,且多美玉。古人常用"昆冈片玉"来形容世上罕有的珍奇。诗中把"君山"设想为"昆仑山顶石",用意正在于此。"海风吹落"云云,想象奇瑰。作者《题宝林寺禅者壁》云:"台殿渐多山更重,却令飞去即应难。"题下自注:"山名飞来峰。"可见此诗的想象显然受到"飞来峰"一类传说的影响。

全诗运用奇特想象,从题外落笔,神化君山来历,间接表现出君山的奇美。这就是所谓"超以象外,得其圜中"。

(周啸天)

▶ **高骈**(821—887)　字千里,幽州(治今北京城西南隅)人。世代为禁军将领。懿宗时,历官荆南节度观察使等职。僖宗时任淮南节度使、江淮盐铁转运使、诸道行营都统等职,镇压黄巢起义军。后拥兵扬州,割据一方,终为部将毕师铎所杀。

# 山 亭 夏 日

## 高　骈

绿树阴浓夏日长,楼台倒影入池塘。

水精帘动微风起,满架蔷薇一院香。

赏析

　　第三句"水精帘动微风起"是诗中最含蓄精巧的一句。此句可分两层意思来说。其一,烈日照耀下的池水,晶莹透澈;微风吹来,水光潋滟,碧波粼粼。诗人用"水精帘动"来比喻这一景象,美妙而逼真——整个水面犹如一挂水晶做成的帘子,被风吹得泛起微波,在荡漾着的水波下则是随之晃动的楼台倒影,多美啊!其二,观赏景致的诗人先看见的是池水波动,然后才感觉到起风了。夏日的微风是不会让人一下子感觉出来的,此时看到水波才会觉着,所以说"水精帘动微风起"。如果先写"微风起",而后再写"水精帘动",那就味同嚼蜡了。

　　正当诗人陶醉于这夏日美景的时候,忽然飘来一阵花香,香气沁人心脾,诗人精神为之一振。诗的最后一句"满架蔷薇一院香",又为那幽静的景致,增添了鲜艳的色彩,充满了醉人的芬芳,使全诗洋溢着夏日特有的生气。"一院香",又与上句"微风起"暗合。

诗写夏日风光,纯乎用近似绘画的手法：绿树荫浓,楼台倒影,池塘水波,满架蔷薇,构成了一幅色彩鲜丽、情调清和的图画。这一切都是由诗人站立在山亭上所描绘下来的。山亭和诗人虽然没有在诗中出现,然而我们在欣赏这首诗时,却仿佛看到了那个山亭和那位悠闲自在的诗人。

（唐永德）

➤ **陆龟蒙**(？—约881) 字鲁望,姑苏(今江苏苏州)人。曾任苏、湖二州从事,后隐居甫里,自号江湖散人、甫里先生,又号天随子。诗以写景咏物为多。有《甫里集》。

走进唐诗
山水

# 怀 宛 陵 旧 游

## 陆龟蒙

陵阳佳地昔年游,谢朓青山李白楼。

唯有日斜溪上思,酒旗风影落春流。

赏析

　　这是一首山水诗,但不是即地即景之作,而是诗人对往年游历的怀念。宛陵是汉代设置的一个古县城,隋时改名宣城(即今安徽宣城市宣州区)。它三面为陵阳山环抱,前临句溪、宛溪二水,绿水青山,风景佳丽。南齐诗人谢朓曾任宣城太守,建有高楼一座,世称谢公楼,唐代又名叠嶂楼。盛唐诗人李白也曾客游宣城,屡登谢公楼畅饮赋诗。大概是太白遗风所致,谢公楼遂成酒楼。陆龟蒙所怀念的便是有着这些名胜古迹的江南小城。

　　这首诗的艺术特色显然在于炼词铸句,融情入景,因而风物如画,含蓄不尽。前二句点出时间、地点,显出名胜、古迹,抒发了怀念、思慕之情,语言省净,含意丰满,形象鲜明,已充分显示诗人老到的艺术才能。后二句深入主题,突出印象,描写生动,以实见虚,在形似中传神,堪称"画本",而重在写意。李商隐《锦瑟》中"此情可待成追忆,只是当时已惘然"的那种无望的迷惘，在陆龟蒙这首诗里得到了十分相似的表露。也许这正是本诗的时代特色。诗歌艺术朝着形象地表现某种印象、情绪的方向发展，在晚唐是一种相当普遍的趋势，这诗即其一例。

（倪其心）

➤ **杜荀鹤**（846—904） 字彦之，号九华山人，池州石埭（今安徽石台）人。四十六岁才中进士。最后任五代梁太祖（朱温）的翰林学士，仅五日而卒。其诗语言通俗，部分作品反映唐末军阀混战中的社会矛盾和人民的惨痛境遇。有《唐风集》。

# 溪　兴

### 杜荀鹤

山雨溪风卷钓丝，瓦瓯篷底独斟时。

醉来睡着无人唤，流到前溪也不知。

## 赏析

　　这是一首描写隐逸生活的即兴小诗。诗中描写的是这样一组画面：在一条寂静的深山小溪上，有一只小船，船上有一个垂钓的人。风雨迷茫，他卷起钓丝，走进篷底，取出盛酒的瓦罐，对着风雨自斟自饮；直饮到烂醉，睡着了；小舟一任风推浪涌，待醒来时，才发觉船儿已从后溪飘流到前溪了。

　　这诗似乎是描写溪上人闲适的心情和隐逸之乐。他置身世外，自由自在，垂钓，饮酒，醉眠，戏风弄雨，一切任其自然，随遇而安。他以此为乐，独乐其乐。这似乎就是诗中所要表现的这一段溪上生活的特殊兴味。

　　然而，透过画面的情景和气氛，这种闲适自乐的背后，却似乎隐藏着溪上人内心的无可奈何的情绪。深山僻水，风风雨雨，气氛是凄清的。那垂钓者形单影只，百无聊赖，以酒为伴。那酒器"瓦瓯"——粗劣的瓦罐儿,暗示出它的主人境遇的寒苦。"醉来睡着无人唤",让小舟在山溪中任意漂流,看来潇洒旷达,实在也太孤寂,有点看透世情、游戏人生的意味。

诗人身处暗世,壮志难酬,他的《自叙》诗写道:"平生肺腑无言处,白发吾唐一逸人。"老来奔走无门,回到家乡九华山(在今安徽青阳县西南),过着清苦的隐逸生活。《溪兴》中所描写的这个遗身世外的溪上人,当是诗人的自我写照。

(何庆善)

图书在版编目(CIP)数据

走进唐诗.山水／上海辞书出版社文学鉴赏辞典编
纂中心编.—上海：上海辞书出版社，2023
ISBN 978-7-5326-5984-5

Ⅰ.①走… Ⅱ.①上… Ⅲ.①唐诗－诗歌欣赏 Ⅳ.
①I207.227.42

中国版本图书馆 CIP 数据核字(2022)第 197079 号

ZOUJIN TANGSHI · SHANSHUI

# 走进唐诗·山水

**上海辞书出版社文学鉴赏辞典编纂中心　编**

责任编辑　辛　琪
装帧设计　王轶颀
责任印制　楼微雯

出版发行　上海世纪出版集团
　　　　　上海辞书出版社(www.cishu.com.cn)
地　　址　上海市闵行区号景路 159 弄 B 座(邮编 201101)
印　　刷　上海盛通时代印刷有限公司
开　　本　890 毫米×1240 毫米　1/32
印　　张　4.25
字　　数　103 000
版　　次　2023 年 1 月第 1 版　2023 年 1 月第 1 次印刷
书　　号　ISBN 978-7-5326-5984-5/I·521
定　　价　38.00 元

本书如有质量问题,请与承印厂联系。电话：021-37910000